베니스의 상인

이 도서의 국립중앙도서관 출판시도서목록(CIP)은 서지정보유통지원시스템 홈페이지(http://seoji.nl.go.kr)와
국가자료공동목록시스템(http://www.nl.go.kr/kolisnet)에서 이용하실 수 있습니다.
(CIP제어번호: CIP2011000411)

세계문학전집
066

William Shakespeare : The Merchant of Venice

베니스의 상인

윌리엄 셰익스피어 지음

이경식 옮김

문학동네

일러두기

이 책의 등장인물을 포함한 인명, 지명, 작품명 등 고유명사는 가능한 한 실제 영어 발음에 가깝게 표기하는 것을 원칙으로 하였다. 그 외에는 국립국어연구원의 외래어 표기법에 따랐다.

차례 ▌

등장인물

베니스의 대공

모로코의 군주
아라곤의 군주 } 포오셔의 구혼자들

앤토니오 … 베니스의 상인

바싸니오 … 앤토니오의 친구, 포오셔의 구혼자

그라쉬아노
썰리어리오 } 앤토니오와 바싸니오의 친구들
썰라니오

로렌조 … 제시커를 연모하는 청년

샤일록 … 유대인

튜벌 … 샤일록의 유대인 친구

란슬럿트 고보 … 어릿광대, 샤일록의 하인이자 후에는 바싸니오의 하인

고보 노인 … 란슬럿트의 아버지

리어나도 … 바싸니오의 하인

밸서자
스테파노 } 포오셔의 하인들

포오셔 … 벨몬트의 상속녀

니리서 … 포오셔의 시녀

제시커 … 샤일록의 딸

베니스의 귀족들, 법정 직원들, 간수, 하인들, 기타 수행원들

장소: 베니스 및 벨몬트에 있는 포오셔의 집

1막

1장
베니스.

앤토니오, 설리어리오, 설라니오 등장.

앤토니오 진정 알 수 없네. 내가 왜 이처럼 울적한지.
　　　　자네들도 그런 상태라고 말하지만 이로 인해 나는 지쳤네.
　　　　그런데 어쩌다가 이런 울적함을 갖고, 발견하고, 얻었으며,
　　　　그것이 무엇으로 이루어졌는지, 어디에서 생겼는지
　　　　나는 아직 알지 못하고 있네. 우울증은 나를
　　　　매우 얼빠진 사람으로 만들어놓았기 때문에
　　　　그 정체를 알고자 내 마음은 크게 들떠 있다네.*

---

* 앤토니오가 왜 울적한지는 명시되어 있지 않지만. 우정이 이 극의 주요 주제의 하나인

설리어리오 자네의 마음은 출렁이는 대양 위를 넘실대고

있는 것일세. 거기에서는 자네의 상선들이

웅장한 돛을 달고 바다 위의 귀족이나 부호처럼 혹은

화려한 꽃수레인 양 군소 선박들을 내려다보며

그 튼튼한 날개로 곁을 지나가면 이들 군소 선박들은

굽실굽실 경의를 표한다네.

설라니오 만일 진정 내가 그와 같은 모험적인 상선을 부린다면

내 마음 대부분도 바다 위에 떠 있는 내 재산에 가 있을 걸세.

나는 늘 풀을 뜯어 날려서 풍향을 알아볼 것이고,

지도에서는 항구와 부두, 정박항 들을 살필 것이네.

그리하여 나의 모험적 투자에 대해서 불길한 예감이

들게 하는 일은 무엇이든지 나를

틀림없이 울적하게 만들 것이네.

설리어리오   국을 식히려고 입김을 불다가도

바다에 심한 바람이 일어나서 어떤 손해를 끼칠까

생각하면 나는 오한에 떨 걸세. 모래시계가

작동하는 것만 보아도 모래톱과 개펄을 생각하게

될 것이고, 값진 상품을 만재한 나의 앤드루 호가

모래 속에 빠져서 돛의 높은 꼭대기가 늑재(肋材)보다도

낮아져서 무덤에 입 맞추는 광경을 보게 될 걸세.

또 교회에 가서 석조물을 보게 되면 나는 곧 유연한 내 배의

점으로 미루어볼 때 그것은 친구 바싸니오와의 작별 때문으로 보인다. 조금 후에 있게
되는 앤토니오와 바싸니오의 대화를 들어보면 이 점이 보다 확실해진다.

옆구리를 살짝 건드리기만 해도 싣고 있던 향료를 모두
바다에 흩어지게 하고 노도의 바다를 나의 비단으로
옷 입힐, 위험한 암초들을 생각하게 되지 않겠는가!
간단히 말한다면, 금방 값지던 것이 또 금방
값없는 것이 되지 않겠는가. 생각이 이에 미칠 때
그와 같은 일이 일어날 경우 내가 울적해지리라는
생각을 어찌 못하겠나. 말해주지 않아도 나는 앤토니오가
그의 상품 생각에 울적해하고 있음을 알 수 있네.

앤토니오 결코 그렇지는 않네. 다행스러운 일이네만,
내 상품들은 한 배에만 실려 있지도 않고,
또 한곳에만 위탁되어 있지도 않다네. 그리고 나의
전 재산이 금년 운수에만 달려 있는 것도 아니고.
따라서 나를 울적하게 만든 것은 내 상품이 아닐세.

설라니오 아, 그렇담 사랑 때문이겠군.

앤토니오   무슨 실없는 말을!

설라니오 사랑 때문도 아니라? 그렇다면 명랑하지 않기 때문에
울적한 거라고 해야겠군. 또 자네가 웃고 껑충 뛰면서
슬프지 않기 때문에 명랑하다고 말하는 것
역시 용이하겠군. 두 얼굴을 한 야누스 신에
맹세코 조물주는 생전에 괴상한 자들을 만들었다네.
어떤 자는 항상 눈을 반쯤 감고 쳐다보면서
우울한 백파이프 소리에도 앵무새들처럼 웃어대고,
또 어떤 자는 찡그린 얼굴을 하고는

네스토*가 우습다고 보증하는 농담에도

웃질 않아 이가 드러나지 않는다네.

바싸니오, 로렌조, 그라쉬아노 등장.

자네의 가장 귀한 친척 바싸니오가 오네.

그라쉬아노와 로렌조도. 잘 있게,

더 좋은 친구들과 있도록 우린 떠나가네.

설리어리오 곁에 머무르며 자네를 명랑하게 해줄 심산이었지만,

더 좋은 친구들이 왔으니 그럴 필요가 없어졌네.

앤토니오 자네들은 나에게는 매우 귀한 친구들이네.

자네들이 볼일이 있던 차에 이 기회를 타서

떠나가려는 것이겠지.

설리어리오 안녕히들 계시오.

바싸니오 이봐요, 두 양반. 언제 우리 만나 담소해본단 말이오? 언제요?

말 좀 해보시오. 지나치게 무정하오. 그래, 꼭 떠나야겠소?

설리어리오 시간이 나는 대로 찾아가겠소.   (설리어리오와 설라니오 퇴장)

로렌조 바싸니오 님, 앤토니오 씨를 찾으셨으니

저희들도 물러가겠습니다만, 저녁 식사 때

우리가 만날 장소를 염두에 두고 계십시오.

바싸니오 어긋나지 않도록 하겠소.

---

* 트로이 전쟁 때 그리스 진영에서 가장 지혜로운 영웅이었다.

그라쉬아노 앤토니오, 당신의 안색이 좋지 못하오.

세상사에 너무 신경을 쓰는 것 같은데,

지나치게 신중을 기해 구입하면 손해 보기 십상이지요.

진정 당신은 안색이 꽤 변하였소.

앤토니오 그라쉬아노, 나는 세상을 세상으로 생각할 따름이오.

하나의 무대, 누구나 한 가지 역을 해야 하는 무대인데

내 역은 울적한 역이오.

그라쉬아노   나는 어릿광대 역을 하겠소.

즐거움과 웃음으로 이마에 많은 주름살을 만들고,

술로 내 간장을 뜨겁게 만들겠소.

그것이 차라리 사람을 죽일 듯한 신음으로 내 심장을

차갑게 하는 것보다 낫소. 몸속에 따뜻한 피가 흐르는 사람이

어찌 그의 할아버지를 본떠 만든 석고상처럼 앉아 있어야 하오?*

깨어 있으면서도 자는 듯하고, 투정을 부려 황달병에 걸릴

필요가 있겠소? 내 한마디 하겠네, 앤토니오.

나는 그대를 사랑하고 또 사랑하니까 말하지만

이 세상의 많은 사람들이

흐르지 않는 연못처럼 창백하고 부루퉁한 얼굴을

하고는 일부러 침묵만을 지켜서 현명하다거나

위엄이 있다거나 신중하다는 평을 얻고자 하오.

이를테면, '나는 신탁 나리이니 내가 입을 열 때는

---

* 전통적으로 한숨과 신음은 심장의 피를 말려버리는 것이라 여겨졌다.

개 한 마리도 짖어서는 안 된다' 하고 말하는 자와 같소.
사랑하는 앤토니오, 나는 이런 자들이 아무 말도
하지 않는다는 이유로 현명하다는 평판을
받고 있음을 알고 있소. 그자들이 입을 열기만 한다면
듣는 이들은 틀림없이 자신의 귀를 저주하게 될 것이고,
그자들을 바보라고 불러 벌을 받게 될 것이오.
이 문제에 대해서는 다음번에 더 이야기하겠지만 제발
이 우울이라는 미끼를 가지고 신통치도 않은 고기 새끼,
즉 세평을 낚지 마오. —로렌조, 가세. — 그럼 잠시 안녕.
내 이 권고는 만찬 후에 마저 다 하겠소.

로렌조 자, 그러면 만찬 때 만나세.

나는 침묵만을 지키는 예의 그 현명한 사람이 될 수밖에 없네.
그라쉬아노가 나에게 말할 기회를 주지 않으니 말이오.

그라쉬아노 글쎄, 이태만 더 나를 따라다니게.

그러면 자네는 자네 목소리조차 구별할 수 없게 될 걸세.

앤토니오 잘들 가오. 나도 이번에는 말 좀 해봐야겠는걸.

그라쉬아노 정말 고맙소. 침묵이 칭찬을 받을 수 있는 것은

먹을 수 있게 마른 황소 혓바닥이나 안 팔리는 노처녀뿐이니까.

(그라쉬아노와 로렌조 퇴장)

앤토니오 그것도 말이라고!

바싸니오 그라쉬아노는 베니스의 그 누구보다도 무의미한 말을 무한
정으로 지껄이는 사람이야. 이치에 닿는 말이라고는 두 말의
겨 속에 감추어진 두 알의 밀 정도이지. 이 두 알을 찾아내려

면 온종일 찾아야 하는데 그것도 찾고 보면 찾을 가치조차 없
던 것들이지.

앤토니오 그런데 말 좀 해보게. 자네가 남몰래
꼭 찾아가보겠다는 여인이 누구인가?
오늘 말해주겠다고 자네 약속하지 않았나?

바싸니오 앤토니오. 자네는 내가 미소한 내 수입이 허락한 수준을
넘어선 생활 방식으로 재산을 축낸 것을
모르고 있지 않아. 나는 지금 그와 같은 귀족적인
수준의 생활을 못하게 되었다고 해서 신음하고
있는 것이 아니네. 나의 주된 관심사는 오직 내가 젊은 날에
지나치게 방탕하게 생활한 탓에 진 큰 빚을
명예롭게 갚는 일뿐이야. 나는 그대 앤토니오에게
금전상으로나 사랑에서나 가장 많은 빚을 지고 있네.
자네의 사랑을 믿고 나는 자네에게 진 모든 빚을
청산할 나의 계획과 의도를 전부 털어놓겠네.

앤토니오 제발, 바싸니오, 내게 말해주게.
자네가 늘 그래 왔듯이 그것이 명예로운 일이라면,
분명히 알고 있게. 나의 돈주머니, 나의 몸, 나의 마지막
재산까지도 자네가 필요하다면 자물쇠를 모두 열어두겠네.

바싸니오 학창 시절에 화살을 하나 쏘아 그것을 잃어버리면,
그 화살을 찾으려고 비행 거리가 같은 그 화살의 짝을
같은 방향으로 보다 더 조심스럽게 쏘았지. 그렇게 해서
나는 화살 두 개를 다 찾아낸 적이 종종 있었다네.

내가 어린 시절의 경험을 말하는 것은 이제부터 할 이야기가
전적으로 유치하기 때문이네. 나는 자네에게 이미
많은 빚을 지고 있는데 경박한 어린아이처럼 빌린 돈을 다
잃어버리고 말았네. 그러나 만약 자네가 먼저 쏘았던 것과
같은 방향으로 또 하나의 화살을 쾌히 쏘아준다면 틀림없이―
겨냥은 내가 지켜봐주겠네―나는 두 개를 다 찾거나
최소한 모험적으로 쏜 두번째 화살만은 되찾게 될 것이고
따라서 감사하게도 첫 화살에 대해서만 채무자로 남게 될 걸세.

앤토니오 자네는 나를 잘 알고 있으면서도 내 우정을 완곡하게
떠보려고 시간만 낭비하고 있네. 틀림없이 자네는
내가 자네를 위해서 최선을 다할 거라는 사실을 의심하네만
이것은 자네가 내 재산 전부를 낭비한 경우보다 더 그릇된
일을 내게 하는 거라네. 그러니 내가 할 일이 무엇인지,
내가 자네를 위해 어떤 일을 할 수 있는지 아는 대로
나에게 말해주게. 그러면 그 일을 쾌히 할 테니, 어서 말하게.

바싸니오 벨몬트에 거액의 유산을 물려받은 여인이 있네.
그녀는 아름답고, 그녀의 훌륭한 미덕들은 '아름답다'는
단어보다 더 아름답다네. 나는 전에 그녀의 시선에서
아름다운 무언의 메시지들을 받았네.
그녀의 이름은 포오셔인데, 케이토의 딸로
부르터스의 아내가 된 포오셔에 비해도 결코 손색이 없다네.
온 세계 또한 그녀의 진가를 알고 있다네.
사방에서 불어오는 바람은 모든 해안으로부터 명망 높은

구혼자들을 불러들이고, 햇빛 같은 그녀의 머리 타래는

마치 황금 양털처럼 그녀의 관자놀이에 드리워져

벨몬트에 있는 그녀의 저택을 콜코스의 해안처럼 만들어

수많은 제이슨*들이 그녀를 찾아온다네.

사랑하는 앤토니오, 만약 내가 그 경쟁자들 가운데

끼일 만한 재력이 있다면 틀림없이 성공하여

부자가 될 거라는 감을 잡고 있다네.

앤토니오 자네 알다시피 나의 전 재산이 현재 바다에 떠 있어서

현금은 없고, 즉각 환금할 수 있는 상품도 갖고 있지 못하네.

그러하니 가서 내 신용을 담보로 베니스에서 할 수 있는

일을 해보게나. 최선을 다해 노력하면 아름다운 포오셔가 있는

벨몬트로 갈 수 있는 돈을 구할 수 있을 걸세.

당장 가서 구해보게. 나도 돈을 구할 곳을 알아보겠네.

나는 내 신용에 의해서든 우의에 의해서든 돈을

얻을 수 있을 것임을 의심하지 않네.   (모두 퇴장)

---

* 그리스 신화의 이아손. 아르고 원정대를 이끌고 황금 양털을 찾아 콜코스로 간다. 콜코스 왕의 딸과 사랑에 빠져 그녀의 도움으로 황금 양털을 얻게 된다.

2장
벨몬트. 포오셔의 집.

포오셔가 시녀 니리서와 함께 등장.

포오셔 정말이지 니리서야, 내 조그만 몸뚱이가 이 거대한 세상으로 인해 고달프구나.

니리서 원, 아가씨도. 혹시 아가씨의 불행이 아가씨의 행운만큼이나 큰 경우라면 그럴 수도 있겠지요. 아마 모르긴 해도 먹을 것이 너무 많아서 포식하는 사람들은 먹을 것이 하나도 없어서 굶는 사람만큼이나 병에 걸릴 것입니다. 따라서 그 중간에 처하는 것은 작지 않은 행복입니다. 지나친 재산은 흰머리를 쉬 오게 하지만 적절한 양의 재산은 장수를 가져온답니다.

포오셔 좋은 격언들을 근사하게 말했어.

니리서 잘 따른다면 더욱 좋은 격언들이 됩니다.

포오셔 행해서 좋은 일들을 행하기가 그것들을 아는 것만큼이나 쉽다면 예배실들은 교회당들이 될 것이고, 가난한 사람들의 오두막들은 군주들의 궁정들이 될 것이야. 자신의 설교를 그대로 실행하는 자가 훌륭한 목사지. 나도 스물이나 되는 많은 사람에게 행해서 좋은 일을 가르칠 수 있지만, 나 자신의 가르침을 그대로 실천하는 스무 명 안에 든다는 것은 쉬운 일이 아니지. 두뇌는 격정을 다스릴 법률을 마련할 수 있지만 뜨거운 정열은 그 냉엄한 법의 울타리를 뛰어넘는 법이란다. 젊은이는 미친 산토끼와 같아서 좋은 충고를 절름발이쯤으로 여기고 그 충고의 그물을 뛰어넘으려고만 해. 그러나 이렇게 논리적인 말을 아무리 해도 남편감을 선택하는 데는 도움이 안 돼. 오, 한 많은 단어, '선택'! 나는 원하는 사람을 선택할 수도 없고 내가 싫어하는 사람을 거절할 수도 없는 입장이다. 선친의 유언이 생존한 딸의 의사를 억제하기 때문이란다. 니리서, 내가 남편을 선택할 수도 없고 누가 남편이 되든 거절할 수도 없다는 것은 너무 심하지 않아?

니리서 아가씨의 엄친께서는 언제나 유덕하셨어요. 덕이 높은 분들은 임종 시에 훌륭한 영감을 갖게 된다고 합니다. 따라서 그분께서 금, 은, 납의 세 상자들 속에 마련하신 ─ 그분의 뜻이 담긴 상자를 선택하는 사람이 아가씨를 선택하게 되는 ─ 제비뽑기는 틀림없이 아가씨를 제대로 사랑해줄 사람에 의해서 정당하게 선택될 것입니다. 그런데 이미 찾아온 이들 군주 구혼자들 중 마음속에서 뜨거운 애정이 느껴지는 분이 계신가요?

포오셔 그들의 이름을 처음부터 끝까지 하나씩 말해봐라. 네가 이름을 말할 때마다 그를 평할 테니. 그러면 너는 내 평에 따라서 내 애정의 방향을 맞혀보고.

니리서 첫번째로 나폴리 군주요.

포오셔 아, 그 사람은 정말 망아지야. 자기 말 이야기만 하니깐. 그는 자신이 직접 말에 편자를 신길 수 있다는 것을 훌륭한 재간으로 치고 있어. 그분의 모친이 혹시 대장장이와 불의의 관계를 맺었던 것은 아닐까 할 정도야.

니리서 다음은 팰러타인 백작이어요.

포오셔 그는 얼굴을 찡그리고만 있는데 마치 '나를 갖고 싶지 않다면 마음대로 해' 하는 투야. 그는 우스운 얘기를 듣고도 웃지 않아. 젊은 나이에 그처럼 격에 맞지 않게 우울하니 늙으면 울보 철학자가 될 것 같단 말이야. 이 둘 중 하나와 결혼하느니 차라리 입에 뼈를 물고 있는 해골바가지와 결혼하는 게 낫지. 하느님, 이 두 사람으로부터 저를 보호해주시옵소서.

니리서 프랑스의 귀족 르 봉 씨는 어떻게 생각하셔요?

포오셔 하느님께서 그를 지으셨으니 그도 남자라고 해야겠지. 사실 나는 조롱하는 것이 죄임을 알고 있지만, 아, 그 사람은! 그는 말 이야기로는 나폴리 군주보다 더하고, 얼굴 찡그리는 악습으로는 팰러타인 백작보다 더 심해. 남성다운 데는 하나도 없으면서 모든 면에서 남성인 척하고 지빠귀가 울기만 해도 즉시 춤을 추기 시작하며 자신의 그림자와도 칼싸움을 할 위인이야. 만약 내가 그와 결혼한다면 스무 명의 남편과 결혼하는 셈이 될 거다. 만약 그가 나를 업신여긴다고 해도 나는 그를 용서할 거야. 왜냐하면 그가 나를 미치도록 사랑하게 될 경우 나는 그것을 갚을 길이 없을 테니까.

니리서 그러면 영국의 젊은 남작 포큰브리지 경에 대해서는 어떻게 생각하셔요?

포오셔 너도 알다시피 내가 그에게는 말을 전혀 하지 않았지. 그는 내 말을 못 알아듣고 나는 그의 말을 알아듣지 못했어. 그는 라틴어, 프랑스어, 이탈리아어 그 어느 것도 못해. 그리고 내가 영어를 조금도 못한다는 것은 네가 법정에서 맹세할 수 있을 정도잖니. 그의 외모는 제대로 된 남자의 것이지만 슬프게도 그 누가 무언극과 말을 나눌 수 있겠니? 그의 옷차림은 얼마나 이상한지. 상의는 이탈리아에서, 통 넓은 바지는 프랑스에서, 모자는 독일에서, 예의범절은 모든 나라에서 산 것 같아.

니리서 그분의 이웃인 스코틀랜드 귀족은 어떻게 생각하셔요?

포오셔 그에게는 이웃에 대한 사랑이 꽤 있나 봐. 왜냐하면 그가 그 영국인한테 따귀 한 대를 얻어맞았는데, 실력이 있을 때 갚겠다고 맹세했기 때문이야. 내 생각으로는 그 프랑스인이 그의 보증인이 되어주었고 차후의 외상 따귀도 보증하겠다고 도장을 찍었어.

니리서 색스니 공작의 조카라는 독일 청년은 어떠셔요?

포오셔 그는 맨정신인 아침에는 매우 고약하고, 술에 취한 오후에는 가장 고약해지지. 그가 가장 좋을 때는 인간보다 조금 못하고 그가 가장 나쁠 때는 짐승보다 더 나을 게 없지. 일어날 수 있는 최악의 경우가 발생한다면 어떤 수단을 써서라도 그 사람과 결혼하는 것을 피하려고 할 거야.

니리서 만약 그가 제비뽑기를 하겠다고 하여 올바른 상자를 선택할 경우 아가씨께서 그를 받아들이기를 거절한다면, 그것은 선친의 유언을 거역하는 것이 될 텐데요.

포오셔 그러니 최악의 경우에 대비해 라인 포도주를 가득 담은 움푹한 잔을 틀린 상자 위에 올려놓아줘. 왜냐하면 악마가 속에 들어 있다고 해도 그 유혹이 밖에 있으면 그는 그 상자를 선택할 사람이니까. 니리서, 나는 어떻게 해서든 술꾼과는 결혼하지 않 겠어.

니리서 아가씨, 이분들 중 누구를 남편으로 맞이하게 될지 걱정할 필 요는 없으셔요. 그분들이 저에게 그분들의 결심을 알려주셨지 요. 상자뽑기로 결정하도록 한 아가씨 부친의 명령 이외에 아 가씨를 차지할 수 있는 다른 방법이 없다면 즉시 고국으로 돌 아가 더 이상 성가시게 하지 않겠답니다.

포오셔 내가 시빌라*만큼 오래 산다고 해도 아버지가 유언으로 정한 방법으로 남편을 얻지 못한다면 나는 다이아나 여신처럼 죽을 때까지 순결을 지키겠어. 이번 구혼자들이 모두 그처럼 사리 에 밝다니 기뻐. 그들 중에는 그의 부재가 아쉬울 사람은 하나 도 없으니 말이야. 그들이 무탈하게 떠나게 해주시길 하느님 께 빌 뿐이야.

니리서 아가씨, 혹 기억나셔요? 아가씨 부친께서 살아 계실 적에 몽 페라 후작님과 동행하여 이곳에 오셨던 학자이며 군인이었던 베니스 사람 말이에요.

포오셔 그럼, 기억하고말고. 바싸니오였지. 내가 기억하기로 그분은 그렇게 불렸어.

니리서 맞아요, 아가씨. 어리석은 제 눈이 일찍이 쳐다본 남자들 중에 서는 역시 그분이 아리따운 숙녀를 얻기에 가장 합당하셨어요.

포오셔 나도 그분을 잘 기억하고 있단다. 그분은 네가 한 칭찬을 받을

---

* 예언자로, 아폴로 신은 시빌라에게 그녀가 손에 쥔 모래알 수만큼의 수명을 주었다.

만한 사람이었다고 기억한다.

하인 등장.

뭐냐? 무슨 소식이라도?

하 인 마님, 손님 네 분이 작별인사를 올리려고 마님을 찾으옵고, 또
한 분, 모로코 군주께서 오늘 밤 이곳에 도착하시겠다고 전갈
을 보내셨습니다.

포오셔 만약 내가 그 네 사람을 떠나보내는 만큼 기쁜 마음으로 새로
오는 분을 맞이할 수 있다면 그의 방문을 좋아하련만. 설사 그
의 성격이 성자와 같다 해도 얼굴빛이 악마처럼 검다면 고해
신부라면 모를까 남편으로는 안 되겠어. 따라와 니리서. 앞서
거라. 구혼자 한 사람을 보내고 문을 닫기가 무섭게 또 한 사
람이 문을 두드리는구나.　　　　　　　　　　　(모두 퇴장)

3장
베니스. 광장.

바싸니오가 유대인 샤일록과 함께 등장.

샤일록 3천 다가트라.

바싸니오 그렇소, 3개월간.

샤일록 3개월간이라.

바싸니오 거기에 대해서는 말한 대로 앤토니오가 보증 설 것이오.

샤일록 앤토니오가 보증을 설 것이라.

바싸니오 날 도와주겠소? 내 청을 들어주겠소? 대답을 주겠소?

샤일록 3천 다가트를 3개월간 그리고 앤토니오가 보증을.

바싸니오 그것에 대한 대답은?

샤일록 앤토니오는 착실한 분이시지요.

바싸니오 그렇지 않다는 악담이라도 들었단 말이오?

샤일록 아하, 아니요, 아니요, 아니요, 아니요. 그분을 착실하다고 한 제 말을 그분이 보증인으로서는 충분하다는 뜻으로 이해해주십시오. 그러나 그분의 재산은 예상의 것일 뿐이지요. 그의 상선들 중 한 척은 트리폴리스를 향해서 출항했고 한 척은 인도 제국으로 항해 중이니 말이외다. 뿐만 아니라 거래소에서 들은 이야기입니다만, 또 한 척은 멕시코에 있고 또 한 척은 영국을 향해 항해 중이고 그 밖의 다른 재산들도 해외에 흩어져 있다고 합니다. 그러니 배란 판자에 불과하고 선원들은 사람들에 불과하지요. 땅쥐도 있고 물쥐도 있고 물도둑—해적들을 두고 하는 말입니다만—도 있고, 육지도둑도 있고. 어디 그뿐이오, 파도, 폭풍, 암초의 위험이 있어요. 그럼에도 불구하고 그분은 보증인으로서 충분하외다. 3천 다가트라. 그의 보증서를 받을 수 있겠지요?

바싸니오 틀림없이 받을 수 있소.

샤일록 받을 수 있을지가 확실히 보장돼야 하죠. 보장돼야 고려해볼 테니까요. 앤토니오와 직접 이야기해볼 수 있겠습니까?

바싸니오 괜찮다면 우리와 식사를 함께 하오.

샤일록 그래, 돼지고기 냄새를 맡고, 당신네의 예언자 나사렛 예수가
마술을 걸어 악마를 몰아넣었다는 돼지고기를 먹기 위해서 말
이지요. 나는 당신들과 물건을 사고, 팔고, 이야기를 나누고,
함께 걷고 등등은 해도 함께 식사하고 마시고 기도하는 일은
않겠어요. 거래소에 무슨 일이라도 있는 것일까? 이리로 오는
사람은 누구요?

앤토니오 등장.

바싸니오 이분이 앤토니오 씨요.

샤일록 (방백) 저자는 어쩌면 저렇게 굽실대는 세리를 닮았을까!
나는 저자가 기독교인이기 때문에 미워하지만
그보다는 저자가 천한 어리석음으로다가 무이자로
돈을 꿔주고, 베니스에 있는 우리 대금업자들의
금리를 끌어내리고 있기 때문에 더 증오한다.
만약 내가 언젠가 저놈의 허리를 휘어잡게 되면
오랫동안 골수에 사무친 원한을 톡톡히 풀어볼 작정이다.
그는 거룩한 우리 민족을 미워하고, 많은 상인들이
모이는 곳에서 나와 내 거래들을 조롱하고,
정당하게 벌어들인 이윤을 이자라고 부른다.
내가 저자를 용서한다면

내 민족은 저주받을지어다!

바싸니오 샤일록, 내 말 듣고 있어요?

샤일록 수중의 현금을 따져보고 있어요.

그런데 아무리 기억력을 기울여 생각해보아도

3천 다가트라는 금액의 전부를 당장

융통할 수는 없어요. 하지만 문제없어요.

돈 많은 나의 히브리 동족인 튜벌이

내게 대줄 것이니까요. 가만있자! 몇 달 동안

원하신다고요? (앤토니오에게) 선생, 행운이 깃들기를 바랍니다!

저희들은 지금 선생님 이야기를 하고 있었습니다.

앤토니오 샤일록, 나는 이자를 수수하는 금전거래를

해본 적이 없지만 내 친구의 시급한 필요를

해결해주기 위해서 관행을 깨려 하오. (바싸니오에게)

자네가 얼마를 원하는지

이자가 알고 있는가?

샤일록 예, 예, 3천 다가트.

앤토니오 그리고 3개월간.

샤일록 잊었군요. 3개월간. (바싸니오에게) 당신께서

말씀해주셨지요. 자, 그러면 차용증서를. 가만있자.

이보십시오. 당신께서는 방금 이자를 수수하는 금전거래는

안 하신다고 말씀하셨으면서.

앤토니오 그런 일은 결코 안 하오.

샤일록 야곱이 그의 숙부 라반의 양 떼에게 풀을 먹일 때,

이 야곱은 저희의 거룩한 조상 아브람의 자손으로—

총명한 야곱의 모친이 그를 위해서 꾸민 술책으로—

제3대 상속자, 그렇고말고요, 그분은 제3대였지요.

앤토니오 그래 그가 어떻단 말이오? 그가 이자라도 받았소?

샤일록 아니올시다. 이자를 안 받았어요. 당신이 말하듯이

직접적으로는 이자를 받지 않았지요. 야곱이 한 일을 주의해

들어보세요. 야곱과 라반은 양이 줄무늬가 지거나 얼룩진 새끼를

낳으면 그것들을 모두 야곱의 품삯으로 한다는 데에

합의하게 되었는데 그해 가을이 다 지나갈 무렵에

그 암양들은 발정하여 수놈들에게로 가서 그 털투성이의

양들 사이에는 생식활동이 행해졌답니다. 그때, 꾀가 많은

이 목동은 나뭇가지들의 껍질을 벗겨 줄무늬를 내서

한창 교미 중인 요염한 암양들 앞에 꽂아놓았지요.

이때 새끼를 밴 양들이 달이 차자 얼룩진 양들을 낳았고

이것들은 모두 야곱의 소유가 되었어요. 이런 식으로

그는 번영하였고 축복을 받았답니다.[*]

이윤이라는 것은 훔친 것이 아닐 때는 축복이지요.

앤토니오 이봐요. 그것은 야곱이 한 투기였소.

그의 힘으로 그렇게 된 것이 아니라 하느님께서

처리하고 조정하신 덕에 이루어진 일이오.

당신은 이자를 정당화하기 위해서 이 이야기를 하였소?

------

[*] 창세기 30:31~43.

아니면 당신의 금과 은이 모두 암양과 숫양이란 말이오?

샤일록 무어라고 말할 수는 없소이다만 나는 금은을

양만큼이나 빨리 키우지요. 그런데 선생,

제 말씀 좀 들어보시오.

앤토니오   이봐요, 바싸니오.

악마도 제 잇속을 위해서는 성경을 인용할 수 있단 말이야.

성경을 증거로 내세우는 악한은

얼굴에 미소를 지은 악한과 같다,

겉모양은 번지르르하나 속은 썩은 사과지.

아, 허위의 외양은 꽤나 번지르르하군!

샤일록 3천 다가트. 이는 거금입지요.

12개월인 1년 이자에서 3개월 치를 치면, 가만있자,

이율을 셈해봅시다.

앤토니오 그래, 샤일록, 융통해주겠소?

샤일록 앤토니오 선생님, 당신은 거래소에서

몇 번인지 모를 정도로 내 돈과 대금업을 비난했소이다.

저는 항상 어깨를 움츠릴 뿐 참을성을 갖고 견뎌왔습지요.

고통을 참고 견디는 것은 저희 족속의 표지이니까요.

당신은 저를 이교도, 사람의 목을 무는 살인견으로 부르고

내 유대인 망토에 침을 뱉었습죠.

그게 모두 제 돈을 제가 쓴다는 이유 때문이었죠.

자, 그런데, 이제 보아하니 당신은 제 도움을

필요로 하게 된 모양이군요. 별일도 다 있지,

그래, 이제 제게 와서 '샤일록, 돈이 필요하오'라고 하시다니.

그런 말이 나오나요? 내 턱수염에다 가래침을 뱉고

문지방 너머로 낯선 개를 걷어차듯 저를 찬 당신이

이제 돈을 간청하고 있군요. 제가 당신에게

뭐라고 말해야 할까요? '개가 어찌 돈을 갖고 있겠습니까?

개가 어떻게 3천 다가트를 빌려드릴 수 있겠습니까?'라고

말씀드려야 하지 않을까요? 아니면 허리를 낮게 굽히고

숨죽인 노예의 어조로 그리고 저자세의 낮은 소리로

이렇게 말해야 할까요? '양반 나리, 당신께서는

지난 수요일에 제게 침을 뱉으셨지요.

모일에는 저를 걷어차셨고, 또 어느 때는

저를 개라고 부르셨습니다. 이러한 친절한 대우에

보답하고자 저는 당신께 그처럼 거액의 돈을 빌려드리겠습니다.'

앤토니오 나는 또다시 그대를 그렇게 부르고 싶소.

다시 침을 뱉고 다시 걷어차고 싶소.

만약 그대가 그 돈을 빌려주려거든

친구에게 빌려주듯 빌려주지는 마오. 우정이 있는

사람이라면 그 누가 생식력이 없는 쇠붙이에 대한 이자를

친구에게 받겠소? 그러니 원수에게 돈을 빌려주는

것이라고 생각하오. 그래야 내 파산하여 위약하게 될 경우

떳떳한 얼굴로 벌금을 받아낼 수 있을 거요.

샤일록 왜 이렇게 화를 내시나요!

전 당신과 친해져 당신의 사랑을 받고 싶어요.

당신이 저를 더럽힌 온갖 치욕의 짓들일랑 잊어버리고,

당신이 필요로 하는 돈을 당장 공급해드리고 싶어요.

그리고 그 돈에 대한 이자는 조금도 받고 싶지 않은데

제 얘기를 들으려 하지 않으시는군요.

이것이 제가 제공해드리려고 하는 친절입지요.

바싸니오　그렇게만 해준다면 친절이오.

샤일록　　　　　　　　　그 친절을 베풀어드리겠으니

저와 같이 공중인에게 가서 당신의 증서에

그저 날인하시고 그리고 장난 삼아 거는 조건으로

여차여차한 금액을 여차여차한 날에 여차여차한 장소에서

갚지 못한다면 벌금으로 당신의 몸 어느 부분에서든지

제가 원하는 데서 당신의 흰 살을 정확히 1파운드

베어낸다고 명기해주기 바랍니다.

앤토니오　진정 만족스럽소. 난 그와 같은 증서에

날인하고, 유대인도 매우 친절하다고 이야기하겠소.

바싸니오　나 때문에 자네가 그와 같은 증서에 날인하게

할 수는 없네. 나는 차라리 곤궁한 상태로 남고 싶네.

앤토니오　이 사람아, 무엇을 염려하나. 나는 벌금을

물게 되지는 않을 걸세. 두 달 안에, 그러니까 이 증서의

기간이 만료되기 한 달 앞서 나에게는 이 증서에

명기된 차용금의 세 곱의 세 갑절이 돌아오게 될 걸세.

샤일록　오, 아브람 아버지시여, 이 기독교인들이란

이런 무리들입니다. 자신들의 거래가 이처럼 각박하니까

남들의 생각을 의심하게 되나 봅니다. 이보세요,

제발 말 좀 해주시오. 만약에 저분이 기한을 어겼다 해도

그 벌금을 징수해서 제가 무슨 득을

본단 말입니까? 사람의 몸에서 취한 사람의

1파운드의 살이란 양고기, 쇠고기 혹은 염소고기만큼의

가치도 없고 소용도 없어요. 저분의 환심을 사려고

저는 이 친절을 베풀지만 한 가지 말씀드릴 것은

저분이 이것을 받아들인다면 좋고 그러지 않는다면

'안녕히 계십시오'입니다. 제발 저의 친절을 곡해 마시길.

앤토니오 좋소, 샤일록. 내 이 증서에 날인하리다.

샤일록 그렇담 곧장 공증인 사무실에서 뵙죠.

그에게 이 장난 같은 차용증서를 작성하도록 지시해주십시오.

저는 당장 가서 그 금액을 주머니에 넣어 오겠습니다.

절약할 줄 모르는 믿을 수 없는 자에게 집을 맡긴 터라 염려되어

살펴보고는 곧 합석하겠습니다.   (샤일록 퇴장)

앤토니오   친절한 유대인, 서둘러요.

이 히브리인이 기독교로 개종하겠는걸. 점점 친절해지는데.

바싸니오 나는 속 검은 자가 내거는 번지르르한

조건이 마음에 걸리네.

앤토니오 왜 이러나. 이 일에 있어서는 염려할 것이 전혀 없다네.

내 배들이 기한 만료일 한 달 전에 돌아올 걸세.   (모두 퇴장)

2막

1장
벨몬트. 포오셔의 집.

(코넷 소리) 흰옷을 입은 황갈색 피부의 모로코의 군주*와 서너 명의
그의 수행원들이 포오셔, 니리서 및 그들의 시종들과 함께 등장.

모로코 얼굴 색깔 때문에 나를 싫어하지 마오.
이는 불타는 태양이 입혀준 검은색 의상이오.
나는 태양의 이웃으로, 그 가까이서 자랐소.
태양의 신 피버스의 불이라도 고드름조차 거의 녹일 수 없는
북쪽에서 태어난 인간 중에서 가장 하얀 인간을 데려와

---

* 절대군주제의 영향으로 국가명이 곧 군주를 뜻하기도 했기에 지시문 이하 국가명만을
표기한다.

그대의 사랑을 두고 그와 나의 살을 베어 시험해봅시다.

그의 것인지, 내 것인지. 누구의 피가 가장 붉은지 살펴봅시다.

아가씨, 내 말하지만 이 내 얼굴은

용기 있는 자들도 떨게 만들었소. 내 사랑을 걸고 맹세하는데

우리나라의 가장 아름답다고 여겨지는 처녀들도

이 얼굴을 사랑했소. 내 상냥한 여왕이여, 그대의 생각을

차지하기 위해서라면 모를까 나는 내 얼굴색을 바꾸지 않겠소.

포오셔 배필 선택에서 저는 처녀의 까다로운 안목만으로

결정할 수 있는 처지가 아닙니다.

더욱이 제 운명은 추첨으로 결정짓게 되어 있기에

저에게는 자의적인 선택권이 없습니다.

그러나 만약 제 선친께서 제 권리를 제한하지 않으시고,

제가 방금 말씀드린 그런 방식으로 저를 획득하는 사람의

아내가 되도록 유언으로 한정시키지 않으셨다면

고명하신 군주께서도 지금까지 저를 찾아온

어떤 분 못지않게

제 애정을 차지할 기회를 갖게 되셨을 겁니다.

모로코   그 말만으로도 고맙소.

그러니 나를 상자들이 있는 곳으로 인도하여

내 운수를 시험해볼 수 있도록 해주시오.

일찍이 페르시아의 왕 소피를 참살하고, 터키의 왕 솔리만과 싸워

세 번이나 승리했던 페르샤의 왕자를 살해한

이 언월도(偃月刀)를 걸고 맹세하는데

아가씨를 차지하기 위해서는 세상에서 가장 엄한 눈초리와도

대항하겠으며, 세상에서 가장 대담한 강심장의 사람과도

대항하여 압도하겠으며, 암곰의 품속에서

젖을 빨고 있는 곰새끼들도 빼앗아낼 것이며,

아니 먹이를 잡아먹으려고 으르렁거리는 사자도

놀려줄 참이오. 그러나 한스럽소!

만약 허큘리즈와 라이커스가 주사위로써

어느 쪽이 더 힘이 센가를 결정한다면 행운의 여신의

도움에 의해서 약자의 손이 더 잘 던질 수 있을 것이오.*

그렇게 앨사이디즈**도 경솔하게 농(弄)을 부리다가

패배했고, 나 또한 눈먼 행운의 여신 때문에

나보다 못한 자도 얻을 수 있는 것을 놓쳐버리고

이를 슬퍼하다가 죽을지도 모르오.

포오셔   당신은 운수를 따를 수밖에 없습니다.

아예 선택을 시도하지 마시든지 아니면 선택하시기 전에

잘못 고를 경우 후에 여인에게 결혼 이야기를 결코 않겠다는

것을 맹세하셔야 합니다. 그러니 이 점 유념하십시오.

모로코 결코 않겠소. 자, 운수 시험장소로 나를 인도하오.

포오셔 우선 성당으로 가셔서 선서하시고 운수 맞추기는

        만찬 후에 하십시오.

---

* 라이커스는 독을 바른 옷을 가져다준 시종으로, 허큘리즈는 이 옷을 입고 상처입은 몸
으로 라이커스를 바다에 던져버렸다고 한다. 하지만 주사위놀이에 관계된 이야기는 알
려진 것이 없다.
** 앨사이디즈는 허큘리즈의 또 다른 이름이다.

모로코 그러면 행운이 임하기를! 과연 나는 세상 사내들 중에서
　　　가장 축복받은 자가 될까, 가장 저주받은 자가 될까!

(코넷 소리 그리고 모두 퇴장)

2장
베니스. 거리.

란슬럿트 고보(어릿광대)가 홀로 등장.

란슬럿트 분명 내 양심은 내가 유대인 주인에게서 도망치는 것을 허
락할 것이다. 마귀 녀석이 가까이 다가와서는 이렇게 나를 유
혹한단 말씀이야. '고보, 란슬럿트 고보, 착한 란슬럿트 고보',
혹은 '착한 고보', 또는 '착한 란슬럿트 고보, 다리를 사용해라.
속히 몸을 움직여서 달아나거라.' 나의 양심은 '안 돼. 정직한
란슬럿트, 주의해야 해. 정직한 고보, 조심해야지. 조심해야
하고말고, 정직한 고보.' 혹은 앞서 말한 대로 '정직한 란슬럿
트 고보, 도망치지 마라. 뛰어 달아나는 것을 수치로 여겨라'
하고 말한단 말씀이야. 그런데 가장 대담한 마귀 녀석은 나더
러 보따리를 싸라는 거야. 이 마귀 녀석은 '어서! 내빼!'라고
말하는가 하면 '제발 용기를 내 도망쳐!' 한단 말씀이야. 하지
만 어쩌나, 내 양심은 내 심장의 목에 꼭 매달려서는 매우 현
명한 말을 해준단 말씀이야. '내 정직한 친구 란슬럿트'—나는

정숙한 남자의 아들이니까 아니 정숙한 여인의 아들이라고 하는 편이 낫지. 왜냐하면 우리 아버지는 냄새가 좀 나고 불쾌한 냄새를 내는 짓으로 냄새를 좀 풍기셨단 말씀이야—그건 그렇고. 내 양심은 '란슬럿트, 꼼짝 말고 있거라!' 하고 일러준단 말씀이야. 마귀 녀석은 '달아나라', 양심은 '꼼짝 마라' 해서 나는 '양심아, 그대의 충고는 옳다', '마귀야, 너의 충고도 옳다'고 대답했단 말씀이야. 내 양심을 따른다면 유대인 주인집에 머물러 살아야 하는데 그분은—하느님, 이 말을 용서해주소서—일종의 악마란 말씀이야. 그리고 유대인 집에서 도망쳐 나온다면 나는 악마의 지배하에 놓이게 될 터인데 그 녀석은—좀 치사한 표현인데—마귀 바로 그 녀석이란 말씀이야. 확실히 우리 유대인 주인은 악마의 화신, 바로 그것이란 말씀이야. 양심적으로 말한다면, 내 양심은 인정머리 없는 양심이라 유대인과 함께 지내라고 충고해준단 말씀이야. 악마 녀석의 충고가 더 인정 있어. 마귀야, 나 달아나겠어. 내 두 다리를 네 명령에 맡기겠어. 나 달아나겠어.

광주리를 든 고보 노인 등장.

고보 노인 여보 젊은 양반, 말 좀 물어봅시다. 유대인 주인 양반의 집으로 가려면 어느 길로 가야 하오?

란슬럿트 (방백) 하느님 맙소사! 이분은 나를 낳아주신 친아버지시다. 그런데 눈이 반 이상, 아니 거의 멀었기 때문에 나를 알아보지 못하신다. 이 양반의 정신을 좀 혼란스럽게 해야겠다.

고보 노인   젊은 양반, 유대인 주인 양반의 집으로 가려면 어느 길로 가야 하는지 알려주오.

란슬럿트   다음 골목에서 오른쪽으로 도십시오. 그러나 그다음 골목에서는 왼쪽으로 도십시오. 그런데 말입니다, 또 그다음 골목에서는 어느 쪽으로도 돌지 마시고 돌아가면서 내려가시면 그 유대인 주인 양반의 집에 이르게 되십니다.

고보 노인   하느님의 성도들에 걸고 맹세하건대 그건 찾아가기 힘든 길이겠소. 혹시 그분과 함께 살고 있던 란슬럿트라는 사람이 아직도 그분과 살고 있는지 그 여부를 알고 있소?

란슬럿트   젊은 란슬럿트 도련님 말씀인가요? (방백) 가만있자, 눈물이 나오도록 해야지. 젊은 란슬럿트 도련님을 말씀하시는 것이지요?

고보 노인   '도련님'이 아니고 가난한 집 자식이오. 내 입으로 말해 안 되었소만, 그의 애비는 정직, 정숙하고 매우 가난한 사람이고, 하느님께 감사하게도, 장수할 것 같소이다.

란슬럿트   글쎄, 그의 아버지야 어찌 되든 알 바 아니고 란슬럿트 도련님에 관한 말씀 아닙니까?

고보 노인   당신의 친구인 란슬럿트입죠.

란슬럿트   그런고로 말씀드립니다만, 영감님. 그런고로 요청드립니다만, 젊은 란슬럿트 도련님에 대해서 말씀하시는 것이 아닙니까?

고보 노인   란슬럿트에 관해서외다, 젊은 양반.

란슬럿트   그런고로 란슬럿트 도련님이지요. 아버지, 란슬럿트 도련님에 관해서는 말 마십시오. 그 젊은 양반은 운명과 숙명, 그리고 그와 같은 말들과 운명의 세 여신들과 그와 같은 분야들의 학문에 입각해 말한다면 진정으로 고인이 되었고 혹은 쉬운 말로 말한다면 천당에 갔습니다.

고보 노인 아이구, 하느님 맙소사! 그 애는 이 늙은이의 지팡이요, 버팀목이었소.

란슬럿트 (방백) 내가 몽둥이나 초가집 기둥 혹은 지팡이나 버팀목으로 보이나? 아버지, 저를 알아보시겠습니까?

고보 노인 아, 슬픈 일이군! 알아볼 수가 없구려, 젊은 양반, 하지만 말 좀 해주오. 내 아들이―하느님, 그 애 영혼이 편히 쉬게 해주소서―살아 있소, 죽어 있소?

란슬럿트 아버지, 저를 몰라보시겠습니까?

고보 노인 아뿔싸, 눈이 반은 안 보여 젊은이를 알아볼 수 없어요.

란슬럿트 몰라보시고말고요. 설사 눈이 성하셔도 저를 알아보지 못하실 것입니다. 현명한 아버지만이 자기 자식을 알아보는 법이니까요. 그러면, 영감님, 아드님의 소식을 말씀드리겠습니다.―(무릎을 꿇는다) 축복해주십시오.―진리는 밝혀지는 법이고, 살인은 오래 숨길 수 없습니다. 사람의 아들은 숨길 수 있을지 모르지만 진리는 결국에는 드러나는 법입니다.

고보 노인 젊은이, 일어나오. 확실히 당신은 내 아들 란슬럿트가 아니외다.

란슬럿트 제발 농담은 이제 그만하시고 아들을 축복해주십시오. 저는 당신의 아들 란슬럿트입니다. 과거에도, 현재에도, 미래에도 당신의 아들입니다.

고보 노인 아무리 해도 당신이 내 아들이라고 생각되지 않소.

란슬럿트 이 점에 대해서 어떻게 생각해야 할지 모르겠습니다만 저는 유대인의 하인 란슬럿트입니다. 그리고 당신의 아내 마저리는 저의 어머니임을 확신합니다.

고보 노인 그녀의 이름은 진정 마저리지. 맹세하지만 만약 그대가 란슬럿트라면 그대는 내 혈육임에 틀림없어. 원, 저런! 수염이 많기도 하군! 네 턱에 난 수염은 내 짐마차를 끄는 말 도빈의 꼬리에 난 털보다 더 많구나.

란슬럿트 그렇다면 도빈의 꼬리털은 줄어드나 보죠. 제가 마지막으로 보았을 때는 틀림없이 제 얼굴에 난 털보다도 그 말의 꼬리털이 더 많았습니다.

고보 노인 아 참, 너 많이도 변했구나! 넌 주인 양반과는 어떻게 지내고 있느냐? 그분께 선물을 하나 가져왔다. 그래, 사이가 어떠냐?

란슬럿트 좋습니다, 좋아요. 그러나 저로 말씀드릴 것 같으면, 달아날 결심을 했기 때문에 달아나기 전에는 마음이 조금도 편치 않습니다. 제 주인 양반은 어느 면으로나 유대인*이세요. 그분께 선물을 드려요? 목매는 밧줄이나 드리지요! 전 그를 섬기느라고 굶주리고 있어요. 손가락으로 제 갈비뼈 하나하나를 다 셀 수 있을 정도입니다. 아버지, 오셔서 기쁩니다. 선물은 바싸니오라는 분께 드리면 좋겠어요. 그분이 정말 귀한 새 제복**을 주신댔어요. 그분의 하인이 될 수 없다면 저는 땅끝까지라도

---

* 당시 '유대인'은 무정함의 대명사로 종종 쓰였다.

** 당시 종들은 어느 가문의 종인지를 알 수 있도록 문장을 인쇄해 넣은 제복을 착용했다.

도망쳐가겠어요. 오, 이런 귀한 기회가! 저기 그분이 오셔요. 아버지, 그분에게 가세요. 만약 제가 그 유대인을 계속 섬긴다면 전 유대인이에요.

바싸니오가 리어나도와 시종 한둘을 거느리고 등장.

바싸니오 그렇게 해도 좋겠지만 저녁은 아무리 늦어도 다섯 시까지는 준비되도록 서둘러야겠어. 이 편지들을 보내고 제복을 맞추도록 하고 그라쉬아노에게 내 거처로 곧 와달라고 해라.

(시종 한 사람 퇴장)

란슬럿트 아버지, 저분에게로요.

고보 노인 안녕하십니까.

바싸니오 예, 제게 무슨 하실 말씀이라도?

고보 노인 여기는 제 자식이올시다. 불우한 녀석—

란슬럿트 불우한 녀석이 아닙니다요. 저는 돈 많은 유대인의 하인입니다요. 저희 아버지가 구체적으로 말씀드리겠습니다만, 제가 요청드리고 싶은 것은—

고보 노인 저 애는, 뭐라고 표현할까요, 시중들고 싶어 하는 큰 열망을 갖고 있답니다.

란슬럿트 실은, 거두절미하고 말씀드리면, 저는 유대인의 하인으로, 저희 아버지가 구체적으로 말씀드리겠습니다만, 바람이 하나 있습니다요.

고보 노인 저 애는 자기의 주인 양반과—이거 점잖은 신사 양반에게는 실례되는 말씀입니다만—사이좋게 지내질 못하고 있습니다.

란슬럿트 간단히 말씀드려서 사실인즉슨 유대인 주인이 저에게 나쁜 일을 하였는데 저희 아버지가—노인이시기에 당신께 자세히 통고하시겠습니다만—

고보 노인 저는 신사 양반께 드리고 싶어서 비둘기 고기 한 접시를 여기 가져왔습니다만, 저의 소청은—

란슬럿트 아주 간단히 말씀드려서 그 소청은 여기 정직한 노인의 설명으로 당신께서 알게 되시겠습니다만 저 자신에 관한 것입니다요. 그리고 제가 말씀드리자니 무엇합니다만 저의 아버지는 연세는 많아도 돈은 없는 사람입니다요.

바싸니오 한 사람이 대변해주시오. 원하는 것이 무엇이오?

란슬럿트 당신을 섬기는 것입니다요.

고보 노인 그것이 바로 문제의 핵심이랍니다.

바싸니오 나는 자네를 잘 알고 있네. 자네의 소청을 들어주겠네.
자네 주인 샤일록과 오늘 이야기를 나누었는데,
그는 내게 자네를 추천했다네. 부유한 유대인의 하인을
그만두고 나처럼 빈한한 사람의 추종자가 되는 것도
추천이 필요하다면 말이네.

란슬럿트 저의 주인 샤일록과 당신께서는 옛 격언을 용케도 반씩 나누어 갖고 계십니다요. 당신께서는 '하느님의 은총'을 받으셨고 저의 주인은 '풍족한 재산'을 소유했으니 말이죠.*

---

* '하느님의 은총은 풍족하다(The grace of God is enough)'라는 격언을 두고 하는 말이다.

바싸니오   자네는 말도 잘하는군. 영감, 아드님과 함께 가시오.

옛 주인에게 작별을 고하고 내 거처로 찾아오게.

(시종들에게) 저 젊은이에게 그의 동료들의 것보다 술이

더 많이 달린 제복*을 주게. 꼭 그리하게.

란슬럿트   아버지, 들어가세요. 일자리를 제대로 해낼 수 없겠는걸. 못

하지! 말주변이 조금이라도 있어야 말이지. 하여간 이탈리아

에는 맹세코 내 손금보다 더 훌륭한 미래를 약속하는 손금을

가진 사람은 없을 거야. 난 운수가 대통할 거야. 이것 보란 말

이야. 여기에 순탄한 명줄이 나 있고, 여기에는 약간의 여편네

들이 생기는 금이 있고. 아뿔싸, 여편네 열다섯은 약과지, 과부

열하나에다가 처녀 아홉일세. 한 남자의 수입으로는 그저 수수

한 것이지. 그다음을 보자. 익사를 세 번 면하는 선이 있고, 칼

날 같은 새털 침대 모서리** 때문에 생명의 위험이 있겠구나.

여기 이 선들은 그저 액땜을 뜻하는 것들이렷다. 어쨌든 행운

의 신이 여인이라면 그녀는 착한 계집이야. 이런 운수를 내게

주었으니. 아버지, 오세요. 눈 깜짝할 사이에 유대인 주인에게

작별인사를 해버리겠어요.   (란슬럿트가 고보 노인과 함께 퇴장)

바싸니오   리어나도, 부디 이 일을 생각하거라.

이 물건들을 다 구입하여 배에 차곡차곡 실은 다음에

서둘러 돌아와라. 오늘 밤에 나는 가장 친한 친구들을

---

* 술이 요란하게 달린 제복은 어릿광대의 것으로, 란슬럿트가 얻은 일자리가 말주변이
있어야 하는 어릿광대 일임을 알 수 있다.

** 결혼의 위험을 비유하는 표현으로 종종 쓰였다.

대접할 참이니, 서둘러 갔다 오거라.

리어나도 분부하신 일에 최선을 다하겠습니다.   (바싸니오만 두고 퇴장)

그라쉬아노 등장.

그라쉬아노 주인 양반 어디 계시지?

리어나도   저기 걸어가십니다.   (퇴장)

그라쉬아노 바싸니오!

바싸니오 그라쉬아노!

그라쉬아노 청이 하나 있는데.

바싸니오   들어주지.

그라쉬아노 거절하면 안 되네. 나도 자네와 벨몬트에 동행하려네.

바싸니오 하게나. 하지만 한마디 해둘 말이 있네.

자네는 너무 거칠고, 너무 무례하고, 말을 너무 함부로
한단 말이야. 이런 점들은 자네에게는 더할 나위 없이
잘 어울리고 우리들의 눈에도 결점으로 보이지는 않네만
자네를 잘 모르는 사람들에게는— 글쎄 그들에게는
좀 지나치게 방종한 것으로 보일 걸세. 부디 차가운 예절의
물방울들을 좀 떨어뜨려 자네의 괄괄한 정신을 진정시켜주게나.
자네의 거친 언동으로 인해서 내가 가는
그곳에서 잘못 평가받아
내 소원성취가 어그러지지 않도록 말이네.

그라쉬아노   바싸니오, 내 말 좀 들어보게.

내 신중한 태도를 취하여 말도 점잖게 하고 욕은 가끔만 하고
호주머니에는 기도서를 지니고, 침착한 표정을 짓겠네.
또 그뿐이겠나. 식사를 위한 기도 때는 모자로
이렇게 눈을 덮고 한숨을 내쉬며 '아멘'을 말하겠네.
엄숙한 몸가짐의 훈련이 잘된 사람이 자기 할머니를
기쁘게 해드리기 위해서 하듯 온갖 예의범절을 지키겠네.
그렇게 하지 않는다면 더 이상 내 말을 믿지 말게나.

바싸니오 그렇다면 자네의 몸가짐을 한번 두고 볼 것이네.

그라쉬아노 하지만 오늘 밤만은 예외이네. 오늘 밤의 일로

나를 측정해선 안 될 걸세.

바싸니오   물론, 그렇게 해서는 안 되지.

오늘 밤은 자네의 그 쾌활한 성미를 최대로 발휘해주기를
간청하고 싶네. 흥겹게 놀 목적으로 친구들을 청했으니
말일세. 그럼 그때까지 안녕.

나는 볼일이 좀 있다네.

그라쉬아노 나도 로렌조와 다른 사람들에게 가봐야 하네.

저녁 식사 때 우리 모두 자네를 찾아오겠네.   (모두 퇴장)

3장
베니스. 샤일록의 집.

제시커와 어릿광대(란슬럿트) 등장.

제시커 네가 이렇듯 우리 아버지를 떠나간다니 섭섭하구나.

우리 집은 지옥이지만 네가 하도 쾌활해서

지루함을 없애주었는데. 그럼 잘 가. 1다가트 네게 줄게.

란슬럿트야, 이제 곧 저녁 식사 때가 되면

네 새 주인의 손님인 로렌조 씨를 보게 될 거야.

그분에게 이 편지를 전해줘. 몰래 전해.

자, 그럼 잘 가. 내가 너와 이야기하는 것을 우리 아버지께

보이고 싶지 않구나.

란슬럿트 안녕히 계십시오. 눈물 때문에 말이 안 나옵니다요. 가장 아리따운 이교도이며, 가장 마음씨 착한 유대인 아가씨! 어떤 기독교인이 부정한 짓을 하여 아가씨를 낳은 것이 아니라면 저는 크게 속은 것이 될 것입니다요. 그럼 안녕히 계십시오! 이 바보 같은 눈물방울들이 제 사내다운 마음을 약하게 하고 있습니다. 안녕히 계십시오! (퇴장)

제시커 잘 가, 란슬럿트.

슬프도다, 자기 아버지의 자식임을

부끄러워하다니 난 큰 죄를 짓는군.

하지만 나는 핏줄로는 아버지의 딸이지만

사람 됨됨이에서는 그렇지 않지. 오, 로렌조,

그대가 약속을 지킨다면 나는 마음의 갈등을 끝내고

기독교로 개종하여 그대가 사랑하는 아내가 되겠어요! (퇴장)

4장
베니스. 거리.

그라쉬아노, 로렌조, 설리어리오, 설라니오 등장.

로렌조 아니야, 저녁 식사 중에 살짝 빠져나가

　　　　내 거처에서 변장하고 모두

　　　　한 시간 안에 돌아오세.

그라쉬아노 우리는 아직 준비가 충분히 되어 있지 않은데.

설라니오 우리는 아직 횃불 들 사람들*을 예약하지도 않았어.

설리어리오 멋지게 꾸미지 못하면 흉할 테니

　　　　내 생각으로는 차라리 하지 않는 것이 좋겠어.

로렌조 이제 네 시밖에 안 되었으니 두 시간이나

　　　　준비할 여유가 있어.

란슬럿트가 편지 한 통을 들고 등장.

　　　　여보게, 란슬럿트, 무슨 일인가?

란슬럿트 이걸 뜯어보실까요. 이걸 보시면 내용을 아시게 되겠습지요.

로렌조 나는 이것이 누구의 필적인지 알고 있지.

　　　　정말 예쁜 글씨야. 이것을 쓴 예쁜 손은 이 글이

———————————

* 해가 진 뒤 무도회장을 밝히기 위해 횃불 들 사람이 필요했다.

쓰인 종이보다도 더 희지.

그라쉬아노   연애사연이 틀림없군.

란슬럿트   전 물러갑니다요.

로렌조   어디로 가지?

란슬럿트   예. 저는 옛 주인 양반인 유대인에게 갑니다요. 저의 새 주
인 양반이신 기독교인과 저녁 식사를 드시러 오십사고 말씀드
리려고 말입니다요.

로렌조   잠깐만. 이것*을 받게. 상냥한 제시커에게
실망시키지 않겠다고 전해주게. 남이 듣지 않게 전해주게.
(란슬럿트 퇴장) 여보게들, 가세나.
오늘 밤에 있을 가면무도회 준비를 해야지.
횃불 들 사람 하나는 구해놓았다네.

설리어리오   그래야지. 곧 가서 그 준비를 하겠네.

설라니오   나도 그리하겠네.

로렌조   한 시간쯤 있다가
그라쉬아노의 거처에서 만나세.

설리어리오   그렇게 하는 게 좋겠군.   (설리어리오와 설라니오 퇴장)

그라쉬아노   그 편지는 아리따운 제시커에게서 온 것이 아닌가?

로렌조   자네에게 모든 것을 말해주겠네. 그녀는
내가 어떻게 하면 그녀를 아버지의 집에서 빼낼 수 있으며,
그녀는 어떤 금과 어떤 보석들을 확보해놓고 있으며,

---

* '이것'은 팁으로 추정된다.

어떤 시종의 옷을 준비해놓고 있는지를 말하고 있다네.
만약 유대인 아버지가 천당에 간다면 그것은 상냥한 딸의
덕이 될 걸세. 그리고 감히 어떤 불행도 그녀의 앞길을
가로막지는 못할 걸세. 그녀가 불신자 유대인의
자식이라는 이유로 스스로 그렇게 하지 않는다면 말이네.
자, 같이 가세. 가면서 이 편지를 자세히 읽어보게.
난 아리따운 제시커를 내 횃불 드는 사람으로 삼겠네. (모두 퇴장)

5장
베니스. 샤일록의 집 앞.

유대인 샤일록과 어릿광대였던 그의 하인 란슬럿트 등장.

샤일록 그래, 너는 이제 깨닫게 될 거다, 네 눈을
판사로 삼아 옛 주인 샤일록과 바싸니오의 차이를. ─제시커야!
─ 앞으로 넌 내 집에서처럼 배불리 먹지 못할 거다. 제시커야!
─ 그리고 마음대로 잠자고, 코를 골고, 옷을 닳도록 마구
입을 수도 없을 거다.
제시커야, 내가 부르지 않느냐!

란슬럿트   제시커!

샤일록 너더러 부르랬어? 난 너에게 시키지 않았다.

란슬럿트 주인장께서는 제게 말씀하시곤 하셨지요. 전 시키지 않으면

아무것도 할 수 없는 놈이라고요.

제시커 등장.

제시커 부르셨어요? 무슨 일이에요?

샤일록 제시커야, 나더러 저녁 먹으러 오라는구나.

　　　　　내 열쇠들이다. 그런데 무엇 때문에 내가 가야 하지?

　　　　　그들의 초대는 나를 좋아해서가 아니라 아첨하기 위해서인데.

　　　　　그러나 난 증오심을 갖고 가서 방탕한 기독교인을

　　　　　농락해 먹어야지. 내 딸 제시커야,

　　　　　내 집을 잘 지켜라. — 정말 가고 싶지 않구나.

　　　　　내 마음의 평안에 좋지 않은 무엇이 생길 것 같다.

　　　　　간밤에 전대에 관한 꿈을 꾸었거든.

란슬럿트 자, 가시지요, 어르신. 저의 젊은 주인 양반께서 어르신의

　　　　　질책*을 기다리고 계십니다요.

샤일록 나도 그 '질책'을 기다리고 있지.

란슬럿트 그리고 그들은 함께 계획을 세웠습니다요. 가면무도회를 꼭

　　　　　보시라는 말씀은 아닙니다만요. 만약 보시면 지난 부활절 다

　　　　　음 월요일 아침 여섯 시에 제가 코피를 흘린 것이 이유가 없지

　　　　　않았음을 알게 되실 것입니다요. 오늘 오후면 그해의 재의 수

---

* 란슬럿트는 'approach'(도착)를 'reproach'(질책)라고 잘못 말했다. 이는 무식한 란슬
럿트가 유식한 척하려다가 무식함을 드러낸 경우로 샤일록은 이러한 란슬럿트를 비웃으
려 잘못된 단어를 그대로 썼다.

요일로부터 쳐서 꼭 4년이 됩니다요.

샤일록 뭐, 가면무도회가 있어? 제시커야, 내 말 들거라.

문들을 전부 잠가라. 그리고 북소리가 들리고

목이 움푹 팬 피리의 망측스러운 깩깩 소리가 나도

창문으로 기어 올라가서는 안 된다. 또 얼굴을 잔뜩 치장한

기독교인 바보들을 쳐다보기 위해서

한길에 머리를 내밀어도 안 된다.

내 집의 귀들—창문들 말이야—을 틀어막아

천박한 건달 녀석들의 소리가 맑은 정신의 우리 집에

들어오지 않도록 해라. 야곱의 지팡이에 걸고 맹세하지만,

오늘 저녁엔 외식할 마음이 없구나.

하나 가련다. 이봐, 먼저 가서

내가 간다고 전해.

란슬럿트   먼저 가겠습니다요.

아가씨, 어르신의 경고가 있긴 했지만 창밖을 내다보셔요—

한 기독교인이 지나갈 것입니다요.

유대인 처녀가 쳐다볼 만한 남자입지요.

샤일록 저 어리석은 하갈*의 자손이 뭐라고 했느냐, 응?

제시커 그가 한 말은 '아가씨, 안녕히 계십시오'뿐이었어요.

샤일록 저 어릿광대 녀석은 인간성은 좋지만 너무 많이 먹어.

그는 돈 버는 데는 달팽이처럼 느리고, 낮잠은 살쾡이보다

---

* 구약성경에 나오는 아브라함의 아내인 사라의 여종으로, 그녀가 낳은 아브라함의 아들
은 추방되었다.

더 많이 잔다. 수벌같이 무위도식하는 놈을 데리고 있을 수는

없다.

그래서 나는 이 녀석을 쫓아내 내게 돈을 꾼 자에게로

보내 그 꾼 돈을 낭비하는 데 도움이 되도록 할 것이다.

그럼, 들어가거라, 제시커야.

아마도 곧 돌아오게 될 것이다.

내가 일러준 대로 해라. 문을 꼭 잠가라.

단단히 단속하면 잃는 법이 없다—

절약하는 사람에게는 결코 진부해지지 않는 격언이란다. (퇴장)

제시커 잘 다녀오셔요.—내 운수가 좌절되지만 않는다면

나는 아버지를, 아버지는 딸을 잃게 될 것이다.   (퇴장)

6장
베니스. 샤일록의 집 앞.

가면무도회 차림을 한 그라쉬아노와 설리어리오 등장.

그라쉬아노 이곳이 바로 로렌조가 우리에게 서 있어 달라고

은밀히 말했던 경사진 지붕의 달개일세.

설리어리오   그가 올 시간도 이미 지났는데.

그라쉬아노 그런데 그가 시간이 되어도 오지 않는 것은 이상한데.

연인들이란 언제나 시계보다 앞서니까.

설리어리오   그렇지. 비너스의 마차를 끄는 비둘기들은 새로운

사랑을 맺어주기 위해서라면 이미 맺어진 사랑을 충실히

유지시키려는 때보다는 열 배는 더 빨리 날아가는 법이지!

그라쉬아노   그건 항상 그렇지. 잔칫상에 앉을 때와 같은

강렬한 식욕을 느끼면서 잔칫상에서 일어서는 사람이

어디 있는가? 세상 어느 말이 한번 지나온 지루하고 힘든

길을 감소되지 않은 열의로 다시 달려가겠는가?

세상만사는 손에 넣고 즐길 때보다는

손에 넣으려고 쫓아다닐 때 더욱 신 나는 법이지.

깃발을 단 배가 고국의 항구를 떠나서 바람둥이

바람에게 껴안기고 포옹받는 광경은

얼마나 신통히도 둘째 아들이나, 탕자와도 같은가!

그 배가 비바람에 시달린 늑재, 갈가리 찢긴 돛들을 단 채,

바람둥이 바람으로 인해 핼쑥해지고 갈가리 찢겨 거지꼴이

되어서 돌아오는 광경은 얼마나 신통히도 탕자와 같은가!

로렌조 등장.

설리어리오   로렌조가 오는군. 이 이야기는 후에 더 하지.

로렌조   여보게들, 내가 오래 지체한 것에 대해 화내지 말게.

내가 아니라 내 용무가 자네들을 기다리게 하였다네.

자네들이 아내를 얻기 위해 도둑질을 하게 될 때는

나도 그만큼 오랫동안 자네들을 위해 망을 봐주겠네. 다가서세.

여기가 내 장인이 될 유대인의 집이라네. 에헴, 누구 계십니까?

소년의 차림을 한 제시커가 위층에 등장.

제시커 누구신가요? 당신의 목소리를 판별할 수 있다고
　　　　장담할 수 있지만 확신할 수 있도록 말씀해주시겠어요?

로렌조 그대의 사랑 로렌조요.

제시커 틀림없는 로렌조이고 진정 저의 사랑이에요.
　　　　그 이상 제가 사랑하는 사람은 없으니까요. 제가 당신의
　　　　것임을 아는 사람은 당신밖에는 아무도 없어요.

로렌조 하느님과 그대의 마음이 그대가 내 것이라는 증인이오.

제시커 자 이 상자를 받으셔요. 그럴 만한 가치가 있는 것이에요.
　　　　밤이라 다행이에요. 제 모습을 볼 수 없을 테니 말이에요.
　　　　전 이렇게 변장한 꼴이 몹시 부끄러워요.
　　　　그러나 사랑은 맹목이라 연인들은 자신들이 범하는
　　　　애교 있는 잘못들을 볼 수 없어요.
　　　　만약 볼 수 있다면 큐피드 자신도
　　　　제가 이렇게 남장한 것을 보고 얼굴을 붉힐 거예요.

로렌조 내려오오. 그대는 내 횃불잡이가 좀 돼주어야겠소.

제시커 네? 제가 촛불을 들어 제 부끄러운 모습을 밝혀요?
　　　　이 모습 자체로도 너무 훤히 잘 보이는걸요. 내 사랑,
　　　　횃불잡이의 일은 사물을 밝게 비추는 것이에요.
　　　　그런데 저는 어둠 속에 가려져 있어야 해요.

로렌조   내 사랑, 그대는 가려져 있어요.

아름다운 소년의 옷까지 입었으니 말이오.

하지만 곧 와요.

은밀한 밤이 남몰래 달음질쳐 달아나고 있고,

바싸니오는 연회를 차려놓고 우리를 기다리고 있소.

제시커 문을 꼭 잠그고, 돈을

좀 더 갖고 곧 나갈게요.   (위층에서 퇴장)

그라쉬아노 내, 두건에 걸고, 맹세하지만 그녀는 이제

상냥한 이방인이지 유대인은 아니네.

로렌조 진정 나는 그녀를 진심으로 사랑하네.

내 판단으로는 그녀는 총명하니까.

내 눈이 진실을 본다면 그녀는 아리땁고,

이미 스스로 증명했듯이 진실하네.

그러므로 나는 이 변함없는 내 마음속에 그녀를

총명하고 아리땁고 진실한 여인으로 품어둘 결심이라네.

제시커 등장.

뭐, 벌써 왔소? 여보게들, 어서 가세! 가면차림을 한

친구들이 지금쯤 우리를 기다리고 있을 걸세. (로렌조는 제시커와

설리어리오를 대동하고 퇴장하고, 그라쉬아노가 그들을 뒤따르려 한다)

앤토니오 등장.

앤토니오 게 누구시오?

그라쉬아노 앤토니오인가?

앤토니오 아니, 무엇해, 그라쉬아노! 모두들 어디 있어?

아홉 시야. 친구들이 자네를 기다리고 있다네.

오늘 밤에 가면무도회는 없네. 풍향이 바뀌었기에.

바싸니오가 곧 항햇길에 오르게 되네.

스무 명이나 내보내 자네를 찾고 있던 중일세.

그라쉬아노 잘되었네. 내게는 배를 타고 오늘 밤

떠나는 것보다 더 큰 기쁨은 없다네.　　　　　　　(모두 퇴장)

7장
벨몬트. 포오셔의 집.

코넷 소리. 포오셔가 모로코의 군주 및 양측의 수행원들을 대동하고 등장.

포오셔 가서 커튼을 걷고 각각 다른 상자들을

존귀하신 이 군주님께 보여드려라.

자, 그러면 선택을 하십시오.

모로코 금으로 된 첫번째 것에는 이러한 구절이 새겨져 있군.

'나를 선택하는 자는 많은 남자들이 열망하는 바를 얻으리라.'

두번째 것은 은제이고 이러한 약속을 지니고 있군.

'나를 선택하는 자는 얻기에 합당한 만큼의 것을 얻으리라.'

이 세번째 것은 매끈하지 못한 납 상자로서 역시 매끈하지 못한 경구를 지니고 있군.

'나를 선택하는 자는 모든 것을 내놓고 모험해야 하느니라.'

내가 올바른 상자를 선택했는지를 어떻게 알게 됩니까?

포오셔 군주님, 그중 하나에는 저의 초상화가 들어 있습니다.

그것을 선택하시면 저는 당신의 것이 됩니다.

모로코 신이여, 저의 판단력을 인도해주시옵소서! 어디 보자.

새겨진 글귀들을 반대 순서로 다시 훑어보자.

이 납 상자는 뭐라고 했더라?

'나를 선택하는 자는 모든 것을 내놓고 모험해야 하느니라.'

내놓아야 한다—무엇을 위해? 납을 위해? 납을 위해 모험한다!

이 상자는 협박하고 있군. 자기의 모든 것을 걸고 모험하는 자는 짤짤한 이득을 볼 수 있다는 희망으로 그렇게 하는 것이다.

황금에 마음을 둔 사람은 쇠똥 찌꺼기 따위를 줍기 위해

허리를 굽히지는 않는다. 그러할진대 나는 납덩이를 위해서는

무엇도 내놓지 않겠고 무엇을 거는 모험도 하지 않으련다.

흰 처녓빛의 은 상자는 뭐라고 했던가?

'나를 선택하는 자는 얻기에 합당한 만큼의 것을 얻으리라.'

얻기에 합당한 만큼이라! 모로코 군주야, 거기 잠깐 머물러

공평무사한 손으로 그대의 값어치를 달아보아라.

만약 그대가 자신을 충분히 합당하다고 평가할지라도

이 여인에게는 그렇지 않을지도 모른다.

그러나 자신의 합당한 가치를 의심하는 것은
자신의 능력을 스스로 낮게 평가하는 것이 될 것이다.
얻기에 합당한 만큼이라! 그건 바로 저 여인이 아니겠는가!
나는 그녀를 차지하기에 합당하다. 문벌로나 재산으로나
덕으로나 교육의 질에서나.
무엇보다도 특히 애정에서 나는 합당하다.
더 이상 망설일 필요 없이 지금 선택한다면 어떻게 될까?
금 상자에 새겨진 이 문구를 한 번 더 보자.
'나를 선택하는 자는 많은 남자들이 열망하는 바를 얻으리라.'
아, 이것이 그녀다. 온 세상이 그녀를 바라고 있으니까.
사방팔방에서 사람들이 이 신전에게, 이 살아 숨 쉬는
성인에게 입을 맞추기 위해서 오고 있으니까.
하케니아 사막*과 광활한 아라비아의 막막한 광야도
이제는 군주들이 아리따운 포오셔를 보려고 오는 길이 되었다.
오만하게 머리를 들고서 하늘의 얼굴에 침을 뱉는 수중 왕국도
이역만리에서 찾아오는 정령 같은 대담한 자들의 발걸음을
막는 장애물이 되지 못하여, 그들은
마치 개울을 건너듯이 아름다운 포오셔를 보려고 온다.
이 세 상자 중 하나는 천사 같은 그녀의 초상화를 담고 있으렷다.
저 납 상자가 그것을 지니고 있을까? 그런 천한 생각을 하면
지옥에 떨어지지. 이 납 상자는 어두운 무덤 속에서도

---

* 카스피 해의 남쪽에 있는 히르카니아 사막. 황량함으로 유명하다.

그녀의 수의를 둘러싸고 있기에도 너무 거칠다.

아니면 정제된 금에 비하면 값이 열 배나 떨어지는

은 상자 속에 그녀가 들어 있다고 생각해야 할까?

오, 죄짓는 생각이로다! 그처럼 값진 보석이

금 상자만도 못한 상자에 들어 있는 법은 결코 없었다.

영국에는 천사의 상을 금으로 박아 넣은 동전이 있지만

그것은 표면에만 새겨져 있을 뿐이다.

그러나 여기 황금 침대 속의 천사는

몸의 내외가 모두 있다. 열쇠를 건네주오.

이제 선택하오. 성공이 임하기를!

포오셔 자, 군주님 이것 받으세요. 만약 그 속에 제 형상이 들어 있다면

저는 당신의 것입니다.　　　　　　　(그가 금 상자의 자물쇠를 연다)

모로코　　　　　　　　　　젠장, 이건 뭐야?

해골이군. 움푹 팬 눈자위 속에 글귀가 쓰인

두루마리가 있군. 그 문구를 한번 읽어볼까.

번쩍인다고 다 금은 아니다.

그대는 그 말을 자주 들었으리.

허다한 사람이 목숨을 팔았지

오직 내 외모를 보고자.

황금 무덤에는 구더기들이 우글우글.

그대 만약 대담한 만큼 현명했더라면,

사지는 젊고 판단력이 노련했더라면,

그대가 받은 여기 새겨진 대답은 받지 않았으리.

잘 가오. 그대의 청혼은 힘을 잃었소.

진정 힘을 잃었고, 헛수고가 되었구나.

그렇담 정열이여, 안녕! 서리여, 어서 오라!

포오셔, 안녕히 계시오. 마음이 너무 슬퍼 맥빠진

긴 작별의 인사는 할 수 없소. 이렇게 패자는 떠나가오.

(수행원들과 함께 퇴장)

포오셔 부드럽게 떼어버렸다. 커튼을 치고 가자.

그분 같은 얼굴빛의 사람들은 모두 이와 같이 선택해야 할 텐데.

(모두 퇴장)

8장
베니스. 거리.

설리어리오와 설라니오 등장.

설리어리오 아니, 이 사람아, 나는 바싸니오가 항햇길에

오르는 것을 보았다네. 그라쉬아노가 그와 동행했다네.

그리고 그 배에는 분명 로렌조가 없었소.

설라니오 그 극악한 유대인이 고함을 질러 대공이 잠을 깨셨고,

그자와 함께 바싸니오의 배를 찾아보러 가셨다네.

설리어리오 너무 늦게 오셨지. 배는 이미 항해 중이었으니 말일세.

그러나 대공께서는 로렌조와 그의 연인 제시커가

곤돌라를 함께 타고 있었다는 사실을 이해하시게 된 것이야.

뿐만 아니라 앤토니오가 그들이 바싸니오와 함께

승선하지 않았다는 것을 대공께 보증했단 말이야.

설라니오 나는 여태껏 그 개 같은 유대인이 거리에서

소리를 지르던 것처럼 이상망측하고, 그런 분노에 찬,

두서없는 감정의 폭발을 들어본 적이 없네.

'내 딸! 오, 내 돈! 오, 내 딸년이

예수쟁이와 도망쳤다! 오, 예수쟁이가 가진 내 돈!

정의의 심판, 법률, 내 돈, 내 딸!

꼭 묶어놓은 돈주머니를, 꼭 묶어둔 두 개의 돈주머니를,

액면가 두 배 되는 동전들이 들어 있는데 내 딸년이 훔쳐가다니!

그리고 보석들도, 두 개의 보석들, 두 개의 값지고 귀한 보석들을

내 딸년이 훔쳐가다니! 정의의 심판을! 그년을 찾아라.

그년이 그 보석들과 그 돈을 갖고 있다!'

설리어리오 글쎄, 베니스의 애들이란 애들은 모두

그를 뒤따라가면서 '내 보석, 내 딸, 내 돈'을 외쳤다네.

설라니오 앤토니오가 그의 기한을 지켜야 할 텐데.

그러지 못하면 그는 대가를 톡톡히 치르게 될 걸세.

설리어리오   아 참, 그 말 잘했네.

내가 어제 어느 프랑스인과 이야기를 나누었네만,

그 사람 말로는 프랑스와 영국 사이에 있는

좁은 해협에서 짐을 잔뜩 실은 화물선 한 척이

난파되었다는 거야. 그의 말을 들었을 때

앤토니오가 떠올랐다네.

그래서 그 배가 그의 것이 아니기를 조용히 기원하였네.

설라니오　자네가 들은 그 이야기를 앤토니오에게 전하는 것이 좋겠네.

하지만 불쑥 하지는 말고, 그를 상심시킬지도 모르니 말일세.

설리어리오　이 세상에 그처럼 착한 사람은 또 없네.

나는 바싸니오와 앤토니오가 작별하는 광경을 보았어.

바싸니오가 서둘러 돌아오겠노라고 말하자

앤토니오는 이렇게 대답했다네. '그러지 말게.

바싸니오, 나 때문에 서두르다가 일을 그르치지 말고

시기가 완전히 무르익을 때까지 머물러 있게.

그리고 내가 유대인에게 써준 차용증서에 대해서는

그것이 연정으로 차 있는 자네의 마음속으로

끼어들지 못하도록 하게. 명랑하게 놀게.

그리고 생각을 모두 구애하는 일과 그곳에서

자네에게 잘 어울릴 아름다운 사랑의 표현에 사용하게.'

그 말을 하면서 눈물이 마구 흐르니까

그는 얼굴을 돌리고 손을 뒤로 내밀어서

아주 분명하게 드러나는 우정으로

바싸니오의 손을 꼭 쥐었다네. 그리고 그들은 작별했다네.

설라니오　내 생각에는 그가 세상을 사랑하는 것도

바싸니오 때문인 것 같네. 자, 우리 가서 그를 찾아내

어떻게든 그를 기쁘게 해서 그를 휘감고 있는 우울증을
풀어 그가 가볍고 상쾌한 기분이 되도록 해줌세.

설리어리오   그러세.   (모두 퇴장)

9장
벨몬트. 포오셔의 집.

니리서와 하인 한 사람 등장.

니리서 제발 빨리 빨리요. 커튼을 곧장 젖혀줘요.
아라곤의 군주께서 선서를 마치시고
상자를 선택하러 곧 오실 거예요.

코넷 소리. 아라곤의 군주, 그의 수행원들 및 포오셔 등장.

포오셔 보세요, 군주님. 상자들이 저기 있어요.
제 초상화가 들어 있는 것을 고르시면
우리의 혼례식이 즉시 거행될 수 있도록 하겠어요.
그러나 만약 그것을 선택하지 못하신다면
군주님께서는 두말없이 곧장 이곳을 떠나셔야 해요.

아라곤 나는 선서에 매여서 세 가지를 준수하도록 되어 있소.
첫째는 내가 선택한 상자가 어떤 것인지

결코 누구에게도 알리지 않겠다는 것, 둘째는
바른 상자를 선택하지 못한다면 살아 있는 동안
결혼을 목적으로는 어느 처녀에게든지 절대 구혼하지 말 것,
마지막으로,
만약 내가 선택의 운이 없어 실패한다면
즉시 당신과 작별하고 떠날 것.

포오셔 보잘것없는 이 몸을 얻기 위해서 모험을 하러 오시는 분은
누구나 이 지시사항들을 지키겠다고 맹세하셔야 합니다.

아라곤 나도 그와 같은 마음의 준비가 다 되었소.
내 마음의 소망에 행운이 깃들기를! 금, 은, 그리고 천한 납.
'나를 선택하는 자는 모든 것을 내놓고 모험해야 하느니라.'
네 모양이 좀 더 예뻐야 내놓든지 모험하든지 할 게 아닌가.
금궤는 뭐라고 말하고 있는가? 어디 한번 보자.
'나를 선택하는 자는 많은 남자들이 열망하는 바를 얻으리라.'
많은 남자들이 열망하는 바라! 그 '많은 사람들'이란 어리석은
무리들을 두고 하는 말일지 모른다. 어리석은 무리들은 미련한
그들의 눈이 가르치는 것 이상을 배우지 못해 외모만을 보고
선택하는 것이다. 그들의 눈은 속을 꿰뚫어보지 못하고,
제비처럼 비바람이 들이치는 바깥벽에다가,
심지어는 재난의 길 한복판에다가 집을 짓지.
나는 많은 남자들이 열망하는 바를 선택하지 않겠다.
나는 범인들과는 의견을 같이하지도 않겠거니와
야만의 무리에 끼지도 않을 것이기 때문이다.

그렇다면 그대 은으로 된 보고여! 그대에게 발걸음을 옮긴다.

그대는 어떤 글귀를 지니고 있는지 한 번만 더 말해달라.

'나를 선택하는 자는 얻기에 합당한 만큼의 것을 얻으리라.'

내용도 좋구나. 뚜렷한 공적도 없이 행운의 여신을 속이고

영예를 획득할 수 있는 자가 누구겠는가?

누구를 막론하고 과분한 신분을 얻으려고 해서는 안 된다.

아, 신분, 계급, 직위를 부패한 방법이 아닌, 그 주인의 공으로

티 없이 깨끗한 명예를 얻을 수 있다면 얼마나 좋을까!

그렇게 된다면 모자를 벗고 서 있는 사람 중 얼마나 많은 이가

모자를 써야 하며[*], 명령을 하고 있는 사람들 중

얼마나 많은 이가 명령을 받게 될 것인가! 그렇게 된다면

명문 가문에서 미천한 농군이 될 자가 얼마나 많겠는가!

또 시대가 남긴 쭉정이와 쓰레기 속에서도 새로운 빛을

발하기에 합당한 명예로운 사람들이 얼마나 많이

선별되겠는가! 자, 이제는 내가 선택할 시간이다.

'나를 선택하는 자는 얻기에 합당한 만큼의 것을 얻으리라.'

나는 합당한 사람이라고 본다. 이 상자의 열쇠를 주오.

곧 내 운수를 열어보겠소.   (그는 은 상자를 연다)

포오셔 상자 속에서 얻고자 한 바를 위해 너무 오래 생각하셨어요.

아라곤 이게 뭐야? 천치 바보가 눈을 깜빡이면서

두루마리 글을 내게 바치는 그림이군! 읽어나 보자.

---

* 당시 상사 앞에서는 모자를 벗어야 하는 관습이 있었다. 따라서 이 말은 지금은 하급자
이지만 상급자가 되어야 할 사람이라는 의미이다.

그대는 포오셔와는 너무나 다르다!

내 희망과 값어치와도 너무나 다르구나!

'나를 선택하는 자는 얻기에 합당한 만큼의 것을 얻으리라!'

그래, 내 가치가 고작 바보의 머리를 차지할 정도란 말이야?

저것이 내가 탈 상품이야? 내 값어치가 그것밖에 안 돼?

포오셔 화내는 것과 판정하는 것은 서로 다른 직분이며,

아니 정반대 성격의 것이지요.

아라곤   이게 뭐야?

이 은궤는 불에 일곱 번이나 정제되었다.

그 판정은 일곱 번이나 숙고되었다.

그 판정은 결코 잘못 선택하는 법이 없다.

그림자에 입 맞추는 자들은

그림자의 축복만을 받는다.

세상엔 은빛 머리칼을 한 바보들이

분명 존재하며, 이 은 상자 역시 그러하다.

어떤 아내를 침대로 데려가든

나*는 항상 당신의 머리가 되리라.

그러니 떠나라. 만사가 끝났으니.

이곳에 오래 머무르면 머무를수록

---

* '나'는 '바보의 머리'를 가리킨다.

나는 점점 더 바보처럼 보이겠군.

구혼하러 올 때는 하나였던 바보의 머리가

떠날 때는 둘이 되었구나.

아리따운 아가씨, 안녕! 나는 맹세를 지켜

분노를 꾹 참겠소.

(아라곤의 군주가 그의 수행원들을 대동하고 퇴장)

포오셔 이리하여 촛불은 나방을 태워 죽였다.

오, 논리적으로만 생각하는 이 바보들! 그들은 선택할 때

너무 심사숙고하기 때문에 낭패를 보게 된다.

니리서 격언이 틀린 말은 아니에요.

교살형을 당하는 일과 장가가는 일은 운명적이라 하지 않아요.

포오셔 니리서야, 어서 커튼을 쳐라.

사자 한 사람 등장.

사 자 아가씨께서는 어디에 계시오?

포오셔   여기 있어요. 무슨 일이오?

사 자 아가씨, 젊은 베니스인이 대문 앞으로 와

말에서 내렸습니다. 그가 모시는 분의

도착을 미리 통보하러 온 사람인데,

그 주인이 보내는 물질적인 인사를 가져왔습니다.

즉 정중한 인사말 외에 매우 값진 선물을 갖고 왔습니다.

저는 지금껏 그처럼 근사한 사랑의 사신을 본 적이 없습니다.

사월의 하루가 제아무리 화창하여

풍성한 여름이 다가오고 있음을 알린다고 해도 자기 주인이

다가옴을 미리 알리는 이 사람에 미치지는 못할 것입니다.

포오셔 제발 그쯤 해두오. 계속 듣다가는 그 사람이

당신의 친척이라는 말이 나올 것 같아서요.

그에 대한 당신의 칭찬은 잔칫상에서나 어울릴 만한 과찬이오.

가보거라, 가봐, 니리서야. 나도 보고 싶구나.

그처럼 어울리게 왔다는 발 빠른 큐피드의 사자를.

니리서 사랑의 신이시여, 그분이 바싸니오 씨이기를!　　　(모두 퇴장)

3막

1장
베니스. 거리.

설라니오와 설리어리오 등장.

설라니오 그래, 거래소에서는 무슨 소식이 있는가?

설리어리오 음, 많은 물건을 실은 앤토니오의 배가 좁은 해협에서 난
파되었다는 소문이 제동이 걸리지 않은 채 여전히 돌고 있다
네. 사람들은 그곳을 '구드윈즈'라고 하는데 수심이 얕고 매우
치명적인, 매우 위험한 곳이라고 하네. 그곳에 거선들의 시체
가 무수히 매몰되어 있다고 하네. 내 수다쟁이 소문이 사실을
말하는 여인이라면 말일세.

설라니오 그 여편네가 이번 일에도 근거 없는 잡담을 하고 있다면 얼마

나 좋겠는가. 생강을 씹어 먹었다거나 세번째 남편이 죽어서 울었다고 이웃을 속였던 때처럼 말이야. 그렇지만 이번 일은 사실이네. 얘기를 길게 늘어놓지 않고 혹은 군말 없이 본론만을 말한다면 착한 앤토니오가, 정직한 앤토니오가 말이야―아, 그의 이름과 짝할 수 있는 좋은 칭호가 있다면 좋으련만.

설리어리오 자, 어서 말을 끝맺게나.

설라니오 아니, 재촉하는 거야? 글쎄, 끝을 맺는다면 그가 배 한 척을 잃었다는 거지.

설리어리오 그것으로 그의 손실이 끝이라면 좋으련만.

설라니오 악마가 내 기도를 막지 못하도록 미리 '아멘'을 말해두어야지. 저기 악마가 유대인의 탈을 쓰고 오고 있으니 말일세.

샤일록 등장.

아, 이거 샤일록 아니오! 상인들 간에는 무슨 소식이 나돕니까?

샤일록 당신들 알지 않소, 그 누구도, 내 딸의 도피에 대해서는 당신들만큼은 잘 알지 못한다는 것을 말이오.

설리어리오 그것은 확실히 그렇소이다. 나로 말할 것 같으면 따님이 도망칠 때 달았던 날개를 만든 재봉사를 알고 있으니 말이오.

설라니오 그리고 샤일록 씨로 말할 것 같으면 그도 그 새에게 깃털이 나 있음을 알고 있었어요. 새들은 모두 깃털이 생기면 어미를 떠나는 것이 그들의 천성이오.

샤일록 그년은 그 짓 때문에 지옥에 떨어질 운명에 처해 있소.

설리어리오 당연한 일이오. 만약 악마가 따님의 판사가 된다면 말이오.

샤일록 내 혈육이 반역하다니!

설라니오 연로한 영감, 그게 무슨 말이오! 그 나이에도 끓는 피와 살이 반역한단 말인가요?

샤일록 내 딸을 두고 내 혈육이라 한 거요.

설리어리오 당신의 살과 당신의 딸의 살 사이에는 흑옥과 상아의 차이 이상의 차이가 있으며, 당신의 피와 당신의 딸의 피 사이에는 붉은 포도주와 흰 라인 포도주의 차이 이상의 차이가 있소이다. 그건 그렇고, 앤토니오가 바다에서 재산 손실을 입었는지 여부에 관해 들으신 것이 있소?

샤일록 그것이 나에게는 또 하나의 잘못된 거래였소. 파산자, 탕아, 이제는 거래소에 얼굴도 내밀 수 없을 테지. 거지 같은 놈, 흥청거리며 장터에 나타나곤 하더니만. 차용증서나 잘 살펴보라고 하시오. 나를 고리대금업자라고 부르더니만. 차용증서나 잘 살펴보라고 하시오! 그자는 기독교인의 예의랍시고 돈을 빌려주곤 하더니만. 차용증서나 잘 살펴보라고 하시오!

설리어리오 그래도 그가 의무를 이행하지 못한다 해도 당신이 그의 살을 취하지는 않을 것이라 확신하오. 살을 무엇에 쓰겠소?

샤일록 고기 낚는 데 쓰지요. 그 밖에는 아무 데도 소용이 없다고 해도 그건 내 복수심은 채워줄 거요. 그는 나를 창피하게 만들었고, 50만 다가트의 이득을 취할 수 없게 했고, 내 손해에는 만족의 웃음을 지었고, 내 이득을 조롱했고, 내 민족을 경멸했고, 내 상거래를 방해했고, 내 친구들의 우정을 식게 했고, 내

원수들의 마음에 불을 지폈소. 그런데 그렇게 한 이유가 무엇이었소? 내가 유대인이기 때문이었소. 그래, 유대인은 눈도 없소? 유대인은 손도 없고, 오장육부도, 사지도, 감각도, 감정도, 격정도 없소? 기독교인과 같은 음식을 먹고, 같은 무기에 다치고, 같은 병에 걸리고, 같은 방법으로 치료하고, 같은 여름과 겨울에 더워하고 추워하는 거란 말이오. 우리의 살은 찔러도 피가 나지 않소? 간질여도 우리는 웃지 않소? 독을 먹여도 우리는 죽지 않소? 부당한 일을 당하고도 우리는 복수하지 말란 말이오? 다른 모든 일에서도 당신들과 같은데 그 점에서도 같을 것은 뻔하지 않소. 만약 유대인이 기독교인에게 부당한 일을 한다면 기독교인의 겸양은 무엇이겠소? 복수요! 만약 기독교인이 유대인에게 부당한 짓을 행한다면 그의 관용은 기독교인의 본보기를 따라 무엇이겠소? 당연히, 복수요! 당신네들이 가르쳐준 악행을 나는 실천하겠소. 감당하기 힘든 어려움에 부닥칠 수도 있겠지만 나는 그 교훈 이상으로 실천하겠소.

앤토니오가 보낸 하인 등장.

하 인 신사 양반님들, 저의 주인 양반인 앤토니오 님께서 댁에 계시온데 두 분 선생님들과 말씀을 나누고 싶어 하십니다.
설리어리오 우리들도 지금껏 그를 찾기 위해서 여기저기 다녔다네.

튜벌 등장.

설라니오 저기 유대인이 또 하나 오는군. 악마가 유대인으로 변한다면 모를까 누구라도 저들을 당해낼 수야 없지.

(설라니오와 설리어리오가 하인과 더불어 퇴장)

샤일록 어쩐 일이야, 튜벌! 제노아에서 무슨 소식이 왔나? 내 딸을 찾았나?

튜 벌 자네 딸에 대한 소문이 있는 곳으로 종종 가보곤 했지만 찾지는 못했다네.

샤일록 원 참, 쯧, 쯧, 쯧, 쯧! 다이아몬드 하나가 없어졌어. 프랑크푸르트에서 2천 다가트나 주고 산 것이야. 이제 전에 없던 저주가 우리 민족에게 떨어졌네. 지금까지 이런 저주는 느껴보질 못했네. 그 2천 다가트짜리와 기타 값지고 값진 보석들. 내 딸년이 내 발 밑에 죽어 넘어져 있대도 그 보석들을 귀에 걸고만 있다면 좋겠네. 그년이 내 발 밑에 있는 관 속에 들어 있대도 관 속에 그 돈만 들어 있다면 좋으련만. 그들에 대한 소식이 없다고? 흥, 잘도 하는군―수색하는 데 들어간 돈이 얼마인지 모르겠네. 그래. 자네―손실에 손실을 거듭하고 있고. 도둑이 그처럼 거액을 갖고 사라졌고, 그 도둑을 찾는 데 그처럼 거액의 돈을 들였고, 그렇다고 속 시원한 결과도 없었고, 복수도 못 했고, 불행이란 불행은 모두 내 어깨 위에만 떨어지고, 한숨이란 한숨은 다 내 입에서만 나오고, 눈물이란 눈물은 나만 흘리고 있지 않은가.

튜 벌 아니야, 다른 사람들에게도 불행은 있다네. 내가 제노아에서 듣기로는 앤토니오가―

샤일록 뭐, 뭐, 뭐? 불행, 불행이라고?

튜 벌 그의 큰 상선 한 척이 트리폴리스에서 돌아오던 중 파선되었
다네.

샤일록 하느님, 감사합니다. 하느님, 감사합니다! 그게 사실이야, 그
게 사실이야?

튜 벌 파선에서 빠져나온 몇몇 선원들에게 들었다네.

샤일록 고맙네, 튜벌. 좋은 소식이야, 좋은 소식, 하, 하. 제노아에서
들었겠다!

튜 벌 내 듣기로 자네 딸이 제노아에서 하룻밤 사이에 80다가트를
써버렸다더군.

샤일록 자네, 내 가슴에 칼을 박는군. 그 돈을 다시는 못 보게 되었군.
한자리에서 80다가트를, 80다가트를!

튜 벌 베니스로 돌아올 때 앤토니오의 여러 채권자들이 나와 동행했
는데 그들은 앤토니오가 파산할 수밖에 없다고 확신하더군.

샤일록 그건 매우 기쁜 소식일세. 그자를 괴롭히고 고문하려네. 그것
참 좋은 소식일세.

튜 벌 그중 한 사람이 내게 반지 한 개를 보여주었는데, 그것은 자네
딸애에게 원숭이 한 마리를 주고 받은 것이라고 하더군.

샤일록 망할 자식!―튜벌, 자네는 나를 고문하고 있어―그건 내 터
키석 반지일세. 내가 총각일 때 리어에게서 받은 것이지. 허허
벌판을 메울 정도로 원숭이를 많이 준다 해도 나는 그것을 내
놓지 않았을 걸세.

튜 벌 어쨌든 앤토니오는 분명히 망했네.

샤일록 암, 그것은 사실이야. 암, 사실이고말고. 튜벌, 자네 가서 집달리 한 사람을 매수하게. 두 주일 앞서 예약해두란 말이네. 만약 그자가 의무를 이행하지 못할 경우 나는 그의 심장을 취하겠네. 그자가 베니스에서 사라지면 나는 마음대로 상거래를 할 수 있게 되니까. 자, 튜벌, 가보게. 그리고 우리 교회당에서 보세. 가보게나, 튜벌. 우리 교회당에서네, 튜벌!　　　　(모두 퇴장)

2장
벨몬트. 포오셔의 집.

바싸니오, 포오셔, 그라쉬아노, 니리서 및 그들의 수행원들 등장.

포오셔 제발 기다리셔요. 하루 이틀 머무르시다가
　　　　운수를 떠보셔요. 혹시나 선택을 잘못하신다면
　　　　당신과 함께 있을 수 없게 될 테니까요. 그러니 잠시 참으셔요.
　　　　사랑은 아니지만 무언가가 저에게 말해주고 있어요.
　　　　나는 당신을 잃지 않을 거예요. 당신도 알다시피
　　　　증오심은 이런 식의 충고를 하지 않아요.
　　　　처녀는 생각을 말로 표현하지 못하는 고로
　　　　혹시 당신이 저의 뜻을 잘못 이해하실까 봐 말씀드리는데
　　　　이곳에서 한두 달 머무르시다가 저를 얻기 위한 운수를

뽑아보시길 바라고 있어요. 당신께 옳은 상자를 선택하는 법을

가르쳐드릴 수 있지만 그리하면 저는 맹세를 깨는 게 되지요.

제가 맹세를 깰 수는 없기에 당신은 저를 놓칠 수도 있어요.

그러나 만약 그렇게 된다면 차라리 제가 맹세를 깨뜨려서

죄를 짓는 편이 나았을 거라고

바라게 될 거예요. 당신의 눈이 원망스러워요.

저를 매혹시키고 제 마음을 둘로 쪼개놓으셨으니 말이에요.

제 몸의 반쪽은 당신의 것이고, 다른 반쪽도 당신의 것이에요.

제 자신의 것이라고 말할 수 있으면 좋으련만

제 것이면 당신의 것이니까 모두가 당신의 것이에요. 아이, 참,

짓궂은 세상은 장애물을 사이에 놓아

소유주가 그의 권리를 행사할 수 없게 만들어요.

그래서 당신의 것이지만 당신의 것이 아니에요.

만약 그렇게 된다면 그 책임을 지고

지옥에 갈 사람은 행운의 여신이지 저는 아니에요.

말이 너무 길어졌어요. 하지만 그것은 시간의 짐을

더 무겁게 하여, 시간을 늘리고 또 길게 잡아당겨 당신의

선택을 지연시키기 위해서였어요.

바싸니오   선택하도록 해주오.

지금 상태는 마치 고문대 위에서 사는 것 같소.

포오셔 고문대 위라고요, 바싸니오? 그렇다면 고백하셔요.

당신의 사랑에 어떤 배반이 섞여 있는지를요.

바싸니오 아무것도 없소. 다만 사랑을 차지하는

즐거움을 누리지 못하게 되지 않을까 하는 추한 불신의 배반이

있을 뿐이오. 눈(雪)과 불 사이에 우정과 생명이 있으면 있었지

나의 사랑에 배반이 깃들어 있을 수는 없소.

포오셔 알겠어요. 하지만 고문대 위라서 하시는 말씀 같아요.

거기서는 고문에 못 이겨 아무 말이라도 하기 마련이니까요.

바싸니오 목숨만 살려준다면 진실을 고백하겠소.

포오셔 그렇다면 고백하고 살아가세요.

바싸니오　　　　　　　　　　　　　　　'고백하고 사랑하겠소.'

이것이 내 고백의 전부라오.

아, 이 얼마나 행복한 고통인가.

내 고문자가 내게 구원의 답을 가르쳐주다니!

하지만 나를 내 운명의 상자들이 있는 곳으로 인도해주오.

포오셔 가세요, 그럼! 제 초상화가 그중 하나에 들어 있어요.

저를 사랑하신다면 당신은 그것을 찾아내실 거예요.

니리서와 모두들 비키거라.

저분이 선택하시는 동안 음악을 연주하거라.

그리하여 저분의 선택이 잘못될 경우 그분은 백조의 최후처럼

음악 속에 사라지게 되실 것이다. 이 비유를

좀 더 적절한 것이 되게 말한다면, 내 눈은 시내가 되어

그분에게 물이 가득한 죽음의 자리를 만들어드리겠지. 저분은

선택에 성공하실 수도 있어. 그리되면 음악이 무슨 소용이지?

그리되면 음악은 충성스러운 신하들이 새로 왕위에 오르신

제왕께 절 올릴 때 울리는 화려한 연주가 되는 거야.

또 꿈꾸며 잠든 신랑의 귓속으로 살며시 흘러들어가

그를 결혼식장으로 불러내는 새벽녘의 저 달콤한 음악 소리가

되는 거야.* 이제 저분이 선택하러 가시는군.

트로이 왕이 통곡하며 바다 괴물에게 제물로 바쳤던

처녀를 구할 적의 젊은 앨사이디즈

못지않은 위풍에 보다 더 큰 사랑을 품고 가시는구나.

나는 그 처녀 제물이고 나머지 물러서 있는 사람들은

다다니아**의 아낙네들. 모두가 눈물 가득한 눈으로

이 일의 결과를 보러 나왔다. 가셔요, 허큘리즈여!

그대가 살아야 내가 산다오. 전투에 임하는 당신보다도

당신을 지켜보는 이 몸이 한층, 한층 더 괴로워요.

반주에 맞추어 노래가 흘러나온다.

한편 바싸니오는 혼잣말로 상자들을 평한다.

사랑이 자라나는 곳은 어디인가요.

가슴속인가요, 머릿속인가요?

어떻게 태어나고 무엇을 먹나요?

일 동 대답하오, 대답하오.

---

* 당시 결혼식 날 아침에 신랑이 잠자고 있는 방의 창문 밖에서 음악을 연주하는 관습이
있었다.
** 트로이를 가리킨다.

사랑은 눈에서 잉태되어

시선을 받아먹고 살다가 죽어버려요,

누워 있던 요람에서.

우리 모두 종을 쳐서 사랑의 죽음을 알려요.

내가 먼저 시작하지—딩, 동, 벨.

일 동 딩, 동, 벨.

바싸니오 마찬가지로 외양은 속과 아주 다를 수 있지.

세상은 여전히 가식에 속고 있어. 법에서도

아무리 더럽고 부패한 소송도 그럴싸한 언어로 양념을 하면

악행의 외양이 희미해지지 않는가? 종교에서도

아무리 저주받을 잘못이라도 목자가 엄숙한 얼굴로

축복해주고 성경으로 다시 증명해주면

그 흉악함은 번지르르한 장식으로 가려지는 것이 아닌가?

소박한 악덕이란 존재하지 않는다.

겉에 미덕의 표지를 달고 있기 때문이다.

속은 모랫둑처럼 헛된 겁쟁이들이 허큘리즈와

얼굴 찡그린 마르스 군신의 수염을 턱에 달고 있는 경우가

얼마나 많은가? 속을 살펴보면

그자들의 간은 우유처럼 희멀겋겠지만 말이다.

그런데도 이자들은 무섭게 보이려고

용자(勇者)의 수염을 달고 다닌단 말이야. 미인을 보라.

그러면 미(美)라는 것이 화장의 무게로 매입되는 것임을 알리라.

그 무게는 기적을 만들어 가장 무겁게 화장한

여인을 가장 가벼운 여인으로 만들어버리지.

뱀처럼 구불구불 말린 매력적인 금발도 마찬가지다.

이 금발은 아름다워 보이는 머리 위에서

바람과 희롱하지만 종종 알고 보면

남의 머리가 남긴 유물이거든.

그 머리칼을 키운 머리는 해골이 되어 무덤 속에 들어가 있고,

이러한 가식은 매우 위험한 바다로 유혹하는

교활한 해변가, 인도 미인을 가리고 있는

아름다운 스카프에 불과하다. 한마디로 말하자면, 겉치레는

교활한 세상이 가장 현명한 사람을 옭아매기 위해 쓰는

허울 좋은 진리이다. 그런고로 그대 화사한 금이여,

굳어서 마이더스*가 먹을 수 없었던 그대를 나는 갖지 않겠다.

또 사람과 사람 사이를 내왕하는

창백한 천역의 물건**이여, 나는 그대도 갖지 않겠다.

하지만 그대 빈약한 납이여,

그대는 무엇을 기약해주기보다는 위협하는 듯하지만,

그대의 소박함은 웅변 이상으로 나를 감동시킨다.

그래서 내 그대를 선택하노니, 기쁜 결과가 따르기를!

포오셔 (방백) 어떻게 다른 모든 감정들은 공중으로 날아가버리는 걸까!

---

* 그리스 신화에서 미다스 왕이 손으로 만지는 것은 모두 금으로 변했다고 한다.
** 그 당시 통화 수단으로 주로 사용되었던 은과 은화를 가리킨다.

가령 미심쩍은 생각들이라든지, 경솔하게 품은 절망이라든지,

몸서리나는 공포심이라든지, 녹색 눈을 한 질투심이라든지.

오, 사랑이여, 절제하라. 그대의 황홀감을 진정시켜라.

그대의 기쁨을 절제 있게 내리붓고 그 과도함을 줄여라!

내 그대의 축복을 너무 과하게 느끼고 있으니 그만 줄여줘.

포식할까 두렵다.

바싸니오   뭐가 들어 있지?   (그는 납 상자를 연다)

아리따운 포오셔의 초상화로구나! 입신(入神)의 화필로

이처럼 신통하게도 실물처럼 그려놓았구나! 이 눈들은 움직이나?

아니면 내 눈동자에 비치기에 움직이는 듯이 보이는 걸까?

여기 벌어진 입술은 달콤한 입김을 내뿜기 위한 것이렷다.

이처럼 달콤한 입김이기에 이렇듯이 정다운 두 입술을

갈라놓을 수 있는 것이겠지. 여기 머리칼 속에서는

화가가 거미가 되어서 황금의 그물을 짜놓았구나.

거미줄에 걸려든 각다귀들을 잡을 때보다도 단단히

남자들의 마음을 덮친다. 그러나 그녀의 두 눈!

화가는 어떻게 양쪽 눈을 다 그릴 수 있었을까? 하나를

완성했을 때 그것은 그의 두 눈을 다 훔쳐갈 힘이 있어서

나머지를 능히 완성시킬 수 없었을 텐데. 그러나 보라.

내가 아무리 칭찬한다고 해도

그것이 이 그림의 진가에 비한다면 미흡한 바와 같이

이 그림은 실물에 비해 크게 뒤떨어져. 여기 두루마리 글이 있군.

내 운수의 내용을 담은 것이렷다.

겉을 보고 선택하지 않는 자
기회 공정하고 선택 참되어라.
이 운수 당신에게 떨어졌으니
만족하고 새것은 찾지 마오.
이에 진정 기뻐하고
당신의 운수를 축복으로 여긴다면
당신의 아가씨에게로 가서
사랑의 입맞춤으로 그녀를 접수하라.

친절한 두루마리 글이로군. 아리따운 아가씨, 허락하시면
글의 지시대로 당신에게 입 맞추어 드리고 당신을 받겠소.
경연대회에서 겨루고 있는 두 사람 중 한 사람이
관중의 박수와 만장의 외침을 듣고서
자기가 잘했다고 생각하면서도 머리가 어지러워
그 울려 퍼지는 칭찬의 소리가 자기의 것인지 아닌지를
분간하지 못하고 멍하니 바라보기만 하는 것처럼,
삼중으로 아리따운 아가씨, 내가 바로 그 모양으로 서 있소.
당신이 확인해주고, 서명해주고, 재가해주기 전에는
내가 지금 보고 있는 것이 사실인지 아닌지 분간할 수 없소.

포오셔 바싸니오 님, 저는 여기 서 있는 당신이 보고 계시는
모습 그대로예요. 저만을 위해서라면
제가 좀 더 훌륭했으면 하는 야심을 갖지도 않겠지만

당신을 위해서는 현재의 저보다 스무 배의 세 곱절은

더 훌륭해지고 싶고, 천 배는 더 아리땁고 싶고,

만 배는 더 재산이 많았으면 해요. 당신의 평가에서 오직

높은 점수를 받기 위해서 저는 덕성, 미, 재산, 친구 항목에서

측정할 수 없을 정도로 뛰어나길 바라요.

그러나 저의 모든 것을 합쳐도

얼마 안 돼요. 이것을 대체적으로 말씀드리면

저는 교양, 배움, 경험이 없는 여자예요.

아직 늦진 않아서 앞으로 배울 수 있다는 점은 다행이라 하겠어요.

이보다 더욱 다행한 것은 천성이 그다지 둔하지 않아서

배울 능력이 있다는 것이에요. 가장 다행한 것은

저의 성품이 온순하여 저 자신을 당신에게 완전히 맡겨서

제 주인이요 지배자이며 왕이신 당신의 지도를

받아들일 수 있다는 점이에요. 저 자신과 저의 소유물은

이제 당신께 양도되어 당신의 것이 되었어요.

조금 전만 하더라도 저는 이 아름다운 저택의 주인이었고

제 하인들의 주인이었고 제 자신의 여왕이었어요.

그러나 바로 이 순간부터 이 집, 이 하인들, 그리고 이 몸은

당신의 것, 제 주인의 것이에요. 이 반지와 함께

이러한 모든 것을 드려요. 당신이 이 반지를 떼어놓거나,

잃어버리거나, 누구에게 주어버린다면

저는 당신 사랑이 소멸한 것으로 보고

당신을 꾸짖게 될 거예요.

바싸니오 아가씨, 당신이 내 말을 전부 빼앗아버렸기 때문에

내 피만이 혈관에서 당신에게 이야기하고 있을 뿐이오.

게다가 내 몸의 온갖 기능은 지금 혼란스럽소.

마치 자신들이 사랑하는 군주가 훌륭한 연설을

마치자 기뻐서 와글거리는

백성들의 혼란과도 같은 것이오.

그때에는 각자가 뭐라고 말을 하기는 하지만 한데 섞여

의미를 분간할 수 없는 소음으로 화하고, 존재하는 것은

다만 뭐라고 표현할 수 없는 기쁨의 황야일 뿐이오.

한데 이 반지가 이 내 손가락에서 작별한다면

내 목숨 또한 이 세상과 작별하는 것이오.

오, 그때는 바싸니오가 죽었다고 단언해도 좋소!

니리서 선생님 그리고 아가씨, 저희들은 지금껏 옆에 서서

저희들의 소원이 성취되는 것을 보았습니다.

이제 기쁨의 축하 말씀을 큰 소리로 올릴

때가 되었습니다. 두 분께 기쁨이 함께하기를!

그라쉬아노 바싸니오 그리고 귀하신 아가씨,

두 분께서 누릴 수 있는 온갖 기쁨을 다 누리시기를 기원합니다.

제가 그 이상의 축하를 드릴 수는 없다고 확신합니다.

그리고 두 분께서 참된 사랑의 기약을 식으로 엄숙하게 거행할 때

바로 그때에 저 또한 결혼할 수 있게 해주십시오.

바싸니오 진심으로, 만약 아내 될 사람을 자네가 얻을 수 있다면.

그라쉬아노 감사하네. 자네의 덕으로 하나 얻어놓았다네.

내 눈도 자네 눈 못지않게 빠르지.

자네가 여주인을 보는 동안 난 시녀를 보았지.

자네가 사랑할 때 나도 사랑했고. 왜냐하면 지체는

자네나 나에게나 존재하지 않기 때문이지.

자네의 운수가 저기 있는 상자들에 달려 있었는데

내 운수 또한 우연하게도 그랬지.

왜냐하면 나는 거듭 땀을 흘리며 구애하고 입천장이 말라붙도록

사랑의 맹세를 거듭한 결과 마침내 약속을

—이 약속이 지속된다면 말일세—여기에 있는 아리따운

여인으로부터 얻어냈기 때문이지. 그 약속이란

만약 자네가 운수가 좋아 아가씨를 얻는 데 성공한다면

나 또한 그녀의 사랑을 얻을 수 있다는 것이었다네.

포오셔   그게 사실이냐, 니리서?

니리서 아가씨, 사실이옵니다. 아가씨께서 허락해주신다면요.

바싸니오 그라쉬아노, 자네도 진심이겠지?

그라쉬아노 물론 그렇고말고, 바싸니오 님.

바싸니오 우리의 잔치가 자네의 결혼으로 더욱 빛날 걸세.

그라쉬아노 우리 저분들과 내기합시다. 천 다가트를 걸고 누가 먼저
득남하는지를.

니리서 뭐요? 그러면 돈을 걸어야지요!

그라쉬아노 안 돼요. 우린 그 노름과 돈 걸기에서는 결코 못 이길 거요.
막대기가 늘어져가지고서는.* 한데 여기 누가 오는데?

---

* 외설적인 말이다.

로렌조와 그의 이교도 아가씨로군!

뭐, 내 베니스인 친구 설리어리오도?

로렌조, 제시커 및 설리어리오(베니스의 사자) 등장.

바싸니오   로렌조와 설리어리오, 어서 오게.

내가 이곳에서 새로운 신분을 얻은 지 얼마 안 된 관계로

자네들을 맞아들일 자격이 있는지 모르지만, 사랑하는 포오셔,

허락해준다면 내 참다운 친구들이자 고향사람들인

이들을 내 맞아들이겠소.

포오셔   여보, 저도

저분들을 진심으로 환영해요.

로렌조   바싸니오 씨, 감사합니다. 저로 말씀드린다면

저의 원래 목적은 여기 와서 당신을 뵙는 것이

아니었습니다. 도중에 설리어리오 씨를 우연히 만났고

이분이 제 사양을 물리치며

동행을 간청하셨던 것입니다.

설리어리오   내가 동행을 간청한 데는

그럴 만한 이유가 있었네. 앤토니오가

자네에게 안부 전하네.   (바싸니오에게 편지 한 통을 내준다)

바싸니오   이 편지를 개봉하기 전에

말 좀 해주게. 나의 진정한 친구 앤토니오는 어떻게 지내는가.

설리어리오   병은 없어, 마음의 병이 아니라면.

마음이 편하지 않다면 무사한 것은 아니지. 거기 편지에 보면

그의 상태를 알 수 있을 거야.　　　(바싸니오가 편지를 개봉한다)

그라쉬아노　니리서, 저 손님에게 인사드리고 반갑게 맞이해주오.

손을 좀 잡아보세, 설리어리오. 베니스에서는 다들 어떠한가?

선한 부상(富商) 앤토니오는 잘 있는가?

우리가 성공했다는 소식을 들으면 그가 기뻐할 걸세.

우리들은 제이슨이 되어 황금 양털을 차지했다네.

설리어리오　획득한 그 양털이 앤토니오가 잃어버린 것이면 좋으련만.

포오셔　저 편지가 바싸니오의 안색을 훔쳐가는 것을 보니

나쁜 사연이 담겨 있음이 분명하다. 사랑하는 친구의

죽음일까? 그렇지 않고서야 침착하고 꿋꿋한 남자의 심신을

저처럼 변화시킬 수 있는 것은 이 세상에 없을 텐데.

어머나, 점점 나빠지시네. 바싸니오, 실례지만 이 몸의 반은

당신의 것이기에 이 편지가 당신에게 가져온 것이 무엇이든지

그것의 반을 제가 제한 없이 가져야겠어요.

바싸니오　　　　　　　　　　　　　　오, 사랑하는 포오셔.

일찍이 종이 위에 쓰인 글자들 중에서

이처럼 불쾌한 단어들은 본 적이 없소! 여보,

처음 당신에게 사랑을 고백할 때

내가 가진 전 재산은 내 혈관에 흐르는 피뿐이라 했소.

양가의 자손이라는 것이었소. 그리고 그때 나는

당신에게 진실을 말한 것이었소. 그러나 여보,

내가 가진 게 없다고 말했을 때

실은 내가 얼마나 허풍 떠는 거짓말쟁이였나를

당신이 이제 알게 되었소. 가진 게 없다고 했을 때

나는 하나도 없는 것보다도 더 나쁜 상태라고 말했어야 옳았소.

실은 내 경비를 마련하기 위해서 사랑하는 친구를 통해

돈을 빌렸고 그 친구는 나를 위해

철천지원수에게 차용증서를 써주게 되었소.

여보, 이 편지를 읽어보오. 이 편지지는

내 친구의 몸이고 그 속의 단어들은 모두 생명의

피를 흘리고 있는 벌어진 상처 같소. 하지만 설리어리오,

이것이 진정 사실이야? 그 사람이 투자한 재산이

모두 없어졌어? 그래, 한 건도 적중하지 못했어?

트리폴리스, 멕시코, 영국, 리스본, 바바리와 인도에서

오는 배들 중 단 한 척도 상인을 파멸시키는 무서운

암초들과의 충돌을 모면하지 못했단 말이야?

설리어리오   단 한 척도.

게다가 앤토니오가 유대인에게 채무를 갚을 현금을 갖고

있다고 해도 그 유대인은 그것을 받아들이지 않을 것 같으이.

사람의 탈을 쓴 자가 그렇게도 열심히, 그렇게도 욕심 사납게

사람을 파멸시키려는 것을 일찍이 보지 못했네.

그자는 밤낮으로 대공에게 조르면서

만약 재판을 열어주지 않는다면 공국의 자유를

불신하겠노라고 한다네. 스무 명의 상인,

대공님 그리고 명망이 가장 높은 귀인들 모두가

그를 설득해보았지만 아무도 계약위반에 대한 벌금, 재판,

차용증서에 따른 악의적인 그의 소송을 취하시킬 수는 없었네.

제시커 제가 아버지와 함께 있을 때 아버지가

동족인 튜벌과 추즈에게 맹세하는 것을 들었어요.

꾸어간 돈의 스무 곱절을 준다고 해도

앤토니오 씨의 살을 갖겠노라고 말이에요. 만약 법, 국위, 권력이

영향력을 발휘하지 않는다면 앤토니오 씨는

큰 고난을 겪으실 거예요.

포오셔 그와 같은 곤경에 처한 분이 당신이 사랑하는 친구세요?

바싸니오 내게는 가장 친한 친구, 가장 친절한 사람,

가장 마음씨 고운 사람, 친절을 베푸는 데

지칠 줄 모르는 사람, 그리고 이탈리아에 살고 있는

사람들 중에서 옛 로마인의 명예를 가장 많이

지니고 있는 사람이오.

포오셔 그분이 유대인에게 진 채무가 얼마나 되요?

바싸니오 나 때문에 진 빚이 3천 다가트요.

포오셔   아니, 그것뿐이에요?

6천 다가트를 지불하고 그 차용증서를 취소해버리세요.

6천 다가트의 갑절, 아니 그것의 세 배를 주어서

그와 같이 훌륭하신 친구분이 당신의 잘못으로 인해

머리칼 하나라도 잃는 일이 없도록 하세요.

우선 교회로 같이 가서 저를 아내라고 불러주세요.

그러고 나서 베니스의 친구에게로 가보세요.

불안한 마음으로 제 곁에 누워 있어서는 안 돼요.

그 얼마 안 되는 빚을 스무 배 이상으로

갚을 수 있을 만큼의 돈을 드리겠어요.

빚을 갚은 다음에 당신의 참다운 벗을 이곳으로 모셔오세요.

니리서와 전 그동안 처녀와 과부로 살겠어요. 자, 어서 나서요.

결혼식을 올리고 떠나셔야 하니까요.

친구분들에게 환영의 인사를 하고 명랑한 표정을 보이세요.

꽤 비싸게 얻은 분이기에 저는 당신을 알뜰히 사랑하겠어요.

그런데 친구분의 편지를 좀 읽어주세요.

바싸니오 (읽는다) '사랑하는 바싸니오. 나의 상선들은 모두 실종되었고, 채권자들의 몰인정은 더해만 가고 있으며, 내 사기는 심히 위축되었고, 유대인에게 써준 차용증서는 그 지급 기한이 지났네. 차용증서대로 이행할 경우 이제는 내가 산다는 것이 불가능하게 되었네. 그런즉 내가 죽기 전에 자네를 한번 보기만 한다면 그것으로 자네와 나 사이의 모든 채무는 청산됨을 통고하는 바이네. 그러나 자네의 형편에 따르게. 나에 대한 사랑 때문에 온다면 모를까 내 편지 때문에 억지로 오지는 말기 바라네.'

포오셔 오, 내 사랑, 만사를 제쳐놓고 가세요!

바싸니오 당신의 허락을 얻었으니 서둘러 가보겠소.

　　　그러나 내가 돌아오기까지

　어느 잠자리도 욕되게 하지 않을 것이며,

　　　어떤 휴식도 우리 둘 사이를 갈라놓지 못하게 하겠소.

(모두 퇴장)

3장
베니스. 거리.

샤일록, 설라니오, 앤토니오 그리고 간수 등장.

샤일록 간수 양반, 그자를 잘 감시하오—내게 자비 운운 마시오—

이자는 무이자로 돈을 빌려주는 바보요.

간수 양반, 그자를 잘 감시하오.

앤토니오 하지만 샤일록 씨, 내 말을 좀 들어보시오.

샤일록 난 차용증서대로 하겠소. 차용증서에 반하는 말일랑 마오.

나는 맹세를 하였소이다, 차용증서대로 하겠다고 말이오.

당신은 까닭도 없이 나를 개라고 불렀어요.

하지만 난 개니까 내 송곳니나 조심하시오.

대공께서 나에게 정의의 심판을 내려주실 거요.

주책없는 간수 양반, 당신은 미련하단 말이오.

그자가 요청한다고 그자를 밖으로 데리고 나오다니 말이오.

앤토니오 제발 내 얘기를 좀 들어보시오.

샤일록 난 차용증서대로만 하겠고, 당신 말은 듣지 않겠소.

난 차용증서대로만 할 작정이니까 말일랑 더 이상 마오.

난 머리를 흔든다든가, 측은하게 여긴다든가, 한숨을 쉰다든가,

기독교인 중재자들에게 주장을 굽히는 등의 우유부단하고

멍청한 눈을 한 바보는 되진 않겠단 말이오. 따라오지 마시오.

말하기 싫소이다. 난 차용증서대로 할 것이오. (퇴장)

셜라니오 일찍이 인간과 함께 산 개치고

이처럼 몰인정한 개는 없었네.

앤토니오   그자를 내버려두게.

난 그자를 따라다니며 소용없는 애원은 더 이상 하지 않겠네.

그자는 내 목숨을 노리고 있고, 그 이유를 나는 잘 알고 있다네.

나는 종종 그에게 채무를 지고 차용 계약 위반으로

곤경에 빠진 나머지 나에게 하소연하던 많은 사람을

구해준 바 있어서 그자는 나를 증오하고 있다네.

셜라니오 대공께서 계약 위반으로 인한 이번의 채무가

유효하다고 판정하지 않으실 거라 확신하네.

앤토니오 대공께서는 법도를 거부할 수 없다네.

왜냐하면 베니스에서 외국인들이 우리와 더불어

향유하고 있는 교역상의 특권이 혹여 거부된다면

우리 공국의 공정성이 크게 손상될 것이기 때문이지.

우리 베니스의 통상과 사업은 모든 나라와

밀접하게 연결되어 있거든. 그러니 가세.

이 슬픔과 재산 손실로 내 몸이 몹시 수척해져서 과연 내일

내 채권자에게 살 1파운드를 줄 수 있을지 모르겠네.

자, 간수 양반, 갑시다. 하느님께 바라는 것은

바싸니오가 와서 내가 그의 빚을 갚는 것을

보았으면 하는 것뿐이네. 그다음에 어찌 되든 나는 상관없네.

(모두 퇴장)

4장
벨몬트. 포오셔의 집.

포오셔, 니리서, 로렌조, 제시커 및 밸서자 등장.

로렌조 부인, 면전에서 말씀드려 실례가 됩니다만
부인께서는 신성한 우의에 관하여 고상하고 진실된
생각을 갖고 계십니다. 이 생각은 이렇게 부인께서 부군의
부재를 인내하시는 데서 가장 강력하게 나타납니다.
그런데 만약 부인께서 누구에게 이러한 경의를
표하고 있으신지, 부인께서 돕는 사람이 얼마나
진실한 신사이며, 부군의 얼마나 귀중한 친구인가를
아신다면 평소 부인께서 행하시는 어떠한 선행보다도
이번 일에 대해서 더 큰 기쁨을 갖게 되실 것입니다.

포오셔 나는 좋은 일을 하고 후회한 적은 결코 없었어요.
이번에도 결코 후회하는 일은 없을 거예요. 언제나 회동하여
시간을 같이 보내는 친구들 사이에는 그들의 영혼이
다 같은 사랑의 맹세에 매여 있기 때문에 틀림없이
용모, 태도, 정신의 유사점이 있다고 봐요.
이런 관계로 나는 앤토니오라는 분이
제 주인 양반과 절친한 친구이므로 필시
저의 주인과 흡사하리라 생각됩니다. 그렇다면,
내 영혼인 남편과 흡사한 분을

지옥과 같은 잔인한 형편에서 구출하기 위해

쓰는 돈이란 아무것도 아니지요. 이건 내 자신을

칭찬하는 것처럼 되니까요.

이제 이런 말은 그만하겠어요. 다른 얘기를 좀 들어보셔요.

로렌조 씨, 나의 주인이 돌아올 때까지 이 집의

관리와 운영을 당신에게 맡기겠어요. 나 자신은

이미 하느님께 비밀리에 맹세했어요.

여기 있는 니리서만을 대동하고

그녀의 남편과 우리 주인 양반이 귀국할 때까지

기도와 묵상 속에서 지내겠다는 맹세지요.

여기서 2마일 떨어진 곳에 수도원이 있는데

그곳에서 거하게 될 거예요. 나는 당신이

이 부탁을 거절하지 않기를 바라요.

당신에 대한 우정과 어떤 피치 못할 사정 때문에

이 일을 부탁드립니다.

로렌조   부인, 진심을 다해

부인의 분부를 따르겠습니다.

포오셔 내 하인들은 이미 내 마음을 알고 있어요.

당신과 제시커를 바싸니오와 나를 대신해서 돌볼 거예요.

그럼 다시 만날 때까지 안녕히 계셔요.

로렌조 훌륭한 생각들과 행복한 시간 시간이 내내 부인께 임하기를!

제시커 마님, 모든 것이 뜻대로 이루어지기를 기원합니다.

포오셔 그 기원 고마워요. 당신들에게도

그렇게 되기를 바라요. 제시커, 안녕.　　　(제시커와 로렌조 퇴장)

자, 밸서자,

이제껏 해온 대로 앞으로도 계속 정직하고

진실하게 일해주오. 이 편지를 갖고

사람으로서 기울일 수 있는 모든 노력을 기울여

신속히 파두아로 가서 이것을 나의 친척 벨라리오 박사의

수중에 전하게. 그리고 그분이 내주는 서류와 의상은 하나도

빼놓지 말고 챙겨서 시급히 나루터, 베니스로

왕래하는 나루터로 와야겠어. 말하느라고 시간 낭비하지 말고

속히 떠나게. 나는 자네보다 먼저 가서 기다리고 있겠네.

밸서자　마님, 가능한 속력을 다 내어 다녀오겠습니다.　　　(퇴장)

포오셔　따라와, 니리서. 너에게 아직 알리지 않은

할 일이 있어. 이제 우리는 남편들을 보게 될 거야.

그들은 생각하지도 않고 있을 때에 말이다!

니리서　　　　　　　　　　그들도 우리를 보게 되나요?

포오셔　물론이다, 니리서. 그러나 우리는

변장을 하고 있을 것이기에 그들은 우리 여자들이

갖고 있지 않은 것을 다 갖추고 있다고 생각할 거야.

너하고 내기를 걸어도 좋다. 우리들이 젊은 사내들처럼

옷차림을 하면 내가 더 그럴듯하게 보일 거야.

또 더 멋있게 단검을 차고, 갈대 피리 소리를 내던 소년이

어른으로 접어들 때의 젊은이 같은 소리로 말하고

폭이 좁은 두 걸음을 어른의 폭이 넓고 큰 한 걸음으로

내딛고 허튼소리를 늘어놓는 멋쟁이 젊은이같이

싸움이야기도 할 테야. 또 그럴듯한 거짓말도 하겠고.

귀부인들이 어떤 모양으로 나에게 사랑을 호소했으며,

내가 그것을 거절하자 그들은 상사병에 걸려서 죽었다,

나는 어찌할 수 없었다. 그러나 지금 나는 후회하지만

한편 내가 죽인 것이 아니기를 바란다 등등의 시시한 거짓말을

수없이 늘어놓을 작정이야. 그래서 나는 사람들이

내가 학교를 그만둔 지 열두 달이 넘는다고 장담하게 만들겠어.

내 마음속에는 허튼소리 잘하는 버릇없는

젊은이들의 장난이 수많이 들어 있는데

이제 그걸 실행해보려는 거야.

니리서　　　　　　　아니 우리가 남자로 변모한다는 말씀이세요?

포오셔　아니, 그런 질문이 어디 있어!

옆에 그 말을 음탕한 뜻으로 해석하는 자라도 있으면 어쩌려고!

하여간 가자. 마차에 올라앉은 다음에 너에게

내 모든 계획을 말해주겠다. 마차는 정원 문에서

대기하고 있다. 그러니 서둘러 가자.

우리는 오늘 20마일이나 여행해야 해.　　　　　　(모두 퇴장)

5장
벨몬트. 정원.

어릿광대 란슬럿트와 제시커 등장.

란슬럿트 네, 정말입지요. 그 이유는 말씀인지요. 아버지의 죄과가 자식들에게 씌워지니까요.* 그래서 말씀인뎁쇼. 전 아가씨가 염려되어요. 전 아가씨에게는 언제나 솔직하게 말씀드렸으며 그래서 지금 그 문제에 대한 저의 심사를 말씀드려요. 그래서 말씀인데요, 기운을 내셔요. 왜 그런가 하면 말씀이에요, 아가씨에게 이로울 수 있는 희망이 딱 하나 있긴 한데요. 그것은 불법적인 종류의 희망이라 그런 말씀이에요.

제시커 그런데 그건 어떤 희망이지? 어서 말해줘요.

란슬럿트 그건 말씀이지요. 아가씨의 아버지가 아가씨를 낳지 않았다는 것을, 즉 아가씨가 유대인의 딸이 아니라는 것을 부분적으로 희망할 수 있다는 말씀이지요.

제시커 그건 정말로 불법적인 종류의 희망이군. 그렇게 되면 어머니의 죄과가 나에게 옮겨질 거다.

란슬럿트 그러니까 말씀인데요, 실은 아가씨는 아버지와 어머니 두 분 모두에 의해서 지옥에 떨어질 것 같아요. 그래서 말씀인데

---

* 모세의 십계명 중 둘째 계명을 가리키는 듯하다. 우상을 만들어 하느님을 분노하게 하면 아비의 죄가 자손 삼사 대에까지 이르게 된다는 내용이다.

요, 실라(아가씨의 아버지)를 피하면 카립디스(아가씨의 어머니)에 걸려들게 된다* 그 말씀이에요. 그러니까 말씀이지요, 아가씨는 양쪽에 다 걸려 사라지게 된다 그 말씀이에요.

제시커 나는 내 남편 덕에 구원받게 될 거야. 그는 나를 기독교인으로 만들어주었거든!

란슬럿트 실은 말씀이에요. 그분은 그것 때문에 더 비난받아야 해요. 그렇지 않아도 기독교도의 수가 이미 충분한데 말이에요. 나란히 서로 잘 살아갈 수 없을 정도로 많다 그런 말씀이에요. 기독교 신자들을 이런 식으로 만들어나간다면 돼지 값이 오를 것이라 그 말씀이에요.** 우리 모두가 돼지고기를 먹게 된다면 얼마 안 가 돈을 암만 주어도 돼지고기 한 점 구워먹지 못할 것이란 말씀이에요.

로렌조 등장.

제시커 란슬럿트, 네가 한 말을 내 남편에게 이르겠다. 저기 오는군!

로렌조 란슬럿트, 이러다가는 얼마 안 가서 나는 너를 질투하게 되겠구나. 네가 이처럼 내 아내를 비밀스러운 골목으로 끌고 갔으니 말이다.

---

* 그리스 신화의 실라(스킬라)는 선원들을 잡아먹는 큰 바위의 6두 12족의 여자 괴물이고 카립디스(카리브디스)는 메시나 해협의 소용돌이다. 이 둘 사이 간격이 아주 좁아서 배가 이곳을 안전하게 빠져 나간다는 것은 지극히 어려웠다는 전설이다.
** 유대인들은 기독교인들과 달리 돼지고기를 먹지 않는다.

제시커 아니에요, 여보, 염려하실 것 없어요. 란슬럿트와 저는 지금까지 싸우고 있었어요. 란슬럿트가 딱 잘라서 하는 말이 천당에는 제게 베풀 자비가 없다는 거예요. 제가 유대인의 딸이기 때문에요. 그리고 하는 말이 당신도 공국의 훌륭한 일원이 못 된다는 거예요. 유대인을 기독교인으로 개종시킴으로써 당신이 돼지 값을 올리고 있어서요.

로렌조 흑인 여인의 배를 부풀게 한 자네보다는 내가 공국을 위해서 훨씬 더 훌륭한 일을 하고 있는 거야. 란슬럿트야, 그 흑인 무어 여인이 자네 아이를 뱄다네.

란슬럿트 그 무어 여인이 사리에 합당한 것 이상으로 몸이 불어났다면 보통 일이 아닌데요. 그런데도, 만약 그녀가 정숙한 여인이 못 된다면 진정 그녀는 제가 생각한 이상으로 엉뚱하네요.

로렌조 어쩌면 어릿광대란 한결같이 저렇게 입담이 좋담! 이러다가는 얼마 안 가서 지혜의 정수는 침묵이 될 것이고, 입담이 좋아서 칭찬받는 것은 앵무새들뿐일 것이다. 이봐, 들어가서 저녁 준비를 하라고 일러라.

란슬럿트 그 준비는 이미 되어 있어요. 모두들 시장하다 그 말씀이에요.

로렌조 하느님 맙소사! 너는 하나도 놓치지 않고 지껄여대는구나! 그러면 저녁을 차리라고 일러라.

란슬럿트 그것도 다 되어 있어요. 오직 '식탁보를 깔아라' 하는 말만이 남았다 그 말씀이에요.

로렌조 그렇담 자네가 깔겠나?

란슬럿트 아니지요, 그럴 수는 없지요. 전 제 의무를 알고 있다 이 말씀이에요.

로렌조 아직도 기회만 있으면 물고 늘어지는군! 그래, 자네는 재주를
단번에 다 털어놓을 작정인가? 제발 평범한 사람의 말일랑 평
범하게 들어주게. 자네의 동료들에게 가서, 식탁에 보를 깔고
음식을 들여오라고 이르게. 우리 곧 식사하러 들어갈 테니.

란슬럿트 식탁에 대해선 말씀이지요, 음식을 들여오도록 하겠고, 음
식으로 말씀드릴 것 같으면 덮어 씌운 채로 들여오게 하겠고,
주인께서 식사하시러 들어오시는 문제에 대해서는, 그건 말이
지요, 기분대로 멋대로 하시라 그 말씀이에요.   (퇴장)

로렌조 아, 대단한 선별이군! 어쩌면 단어들을 그렇게도 뜻에
잘 맞추어 쓰지! 이 어릿광대는 머릿속에
근사한 말들을 무수히 심어놓은 모양이군.
나는 저자와 같은 모양을 한 보다 나은 신분의
어릿광대들을 많이 알고 있는데 그들은 말재주를
부리기 위해서 항상 의미를 무시해버리지.
제시커, 기분은 괜찮소? 그런데 말이오, 여보. 당신의 의견을
좀 말해보오. 바싸니오의 부인을 어떻게 생각하오?

제시커 말로 표현할 수 없이 좋아요. 바싸니오 씨는 이제
바른 생활을 하는 것이 마땅해요. 그런 부인을 얻는
축복을 받았으니까요. 그분은 이제 지상에서도
천당의 기쁨을 맛보게 되셨어요.
그런데 그분이 만약 이 지상에서 그것에 값하는
고결한 생활을 하지 못하신다면요, 당연히 천당에

오를 수 없어야만 해요. 그래야, 만약 두 신이

지상의 두 여인을 걸고서 천당에서 시합을 벌이는데,

그중 한 사람을 포오셔로 한다면 나머지 한 여인에게는

그 외에 무엇을 좀 더 걸어야 할 거예요. 이 척박한 거친 세상은

그분과 같은 사람을 또 갖고 있지 못하기 때문이에요.

로렌조   포오셔가 그와 같은 아내이듯이

나는 당신에게 그와 같은 남편이라오.

제시커 안 돼요. 그 점에 대해서도 제 의견을 물어봐야죠.

로렌조 곧 묻겠소. 우선 식사하러 갑시다.

제시커 안 돼요. 하고 싶을 때 당신 칭찬을 좀 하게 해주세요.

로렌조 아니, 그러지 말고 그것을 식사 때의 화제로 남겨둡시다.

그때는 당신의 얘기라면 무엇이든지 어떤 음식보다도

먼저 소화시키겠소.

제시커   그럼, 그때 당신을 크게 예찬하겠어요.

(모두 퇴장)

4막

1장
베니스. 법정.

대공, 귀인들, 앤토니오, 바싸니오, 그라쉬아노, 설리어리오 및 그 밖의 사람들.

대　공　그래, 앤토니오는 출두하였소?

앤토니오　대령하였습니다, 대공 각하.

대　공　그대에게 유감스럽게 되었소. 그대는 지금
　　　　　목석같고 비인간적이며, 동정심을 발휘할 수 없고
　　　　　자비심이라고는 단 한 방울도 없이 메마른 자를
　　　　　적수로 하여 재판을 받게 되었소.

앤토니오　　　　　　　　　　　　　그자의 가혹한 행동을
　　　　　누그러뜨리기 위한 각하의 노고가 컸다는

말씀을 들었습니다. 그러나 그자는 계속 고집불통이고,
또 어떤 합법적인 수단으로도 그자의 악독한 손아귀에서
저를 해방시킬 수 없으므로 저는 이제 인내심을 가지고
그의 광포에 대항할 수밖에 없습니다.
저는 고요한 마음으로 무장하고 극악무도한
그자의 횡포와 발광을 견뎌내겠습니다.

대 공 누가 가서 그 유대인을 법정으로 불러들이도록 하오.

설리어리오 그는 문에 대령하고 있습니다. 들어옵니다, 각하.

샤일록 등장.

대 공 그가 내 면전에 나와 서도록 자리를 만드시오.
샤일록, 세상도 그렇게 생각하고 나도 그렇게 생각하는데,
그대는 그대의 악의의 탈을 재판의 마지막 순간까지
끌고 가서 그때에야 비로소 그대의 놀라운 잔인성보다도
더한층 놀라운 자비와 동정심을 보여주려는
것이라고 말이오. 또한 그대는 지금
이 가련한 상인의 살 1파운드를 벌금으로
강요하고 있지만 그 채무를 풀어줄 뿐만 아니라
인간적인 온정과 사랑에 동하여 원금의 일부도
삭감해주리라고 생각하는 바요. 최근 그가 등에 짊어진
그 막대한 재산상의 손실을 동정의 눈으로 굽어볼 때에
그것은 과연 대단한 재력의 상인도 쓰러뜨리기에

충분한 것이며, 놋쇠 같은 가슴과

부싯돌처럼 딱딱한 마음을 가진 사람은 물론이고,

따뜻한 호의를 베푸는 법이 없는 터키 사람과

타타르인들에게도 그의 상태를 측은해하는 마음을

불러일으키기에 족한 것으로 보오.

우리 모두 인정에 찬 대답을 기다리고 있소, 유대인!

샤일록 저는 이미 각하께 제 의도를 아뢰었습니다.

그리고 저는 우리의 신성한 안식일을 걸고 차용증서대로

채무를 이행하겠다고 이미 맹세했습니다.

만약 각하께서 이것을 거부하신다면 각하의 헌장과

도시국가의 시민권에 위험이 닥칠 것입니다.

각하께서는 제가 어찌하여 3천 다가트를 받지 않고

썩은 고깃덩어리를 받으려는지 물으실 것입니다.

전 거기에 대답을 하지 않겠습니다.

다만 제 기분 때문이라고만 해두겠습니다.

그러면 대답이 되겠습니까? 만약 제 집에서

쥐 한 마리 때문에 애를 먹고 있어 그놈을 독살코자

1만 다가트를 쾌히 쓴다면 어떻게 하시겠습니까?

아니, 아직도 대답이 안 되었습니까?

세상에는 입이 벌어진 돼지 통구이를 좋아하지 않는 사람도 있고,

고양이를 한 마리만 봐도 미치는 사람이 있습니다.

또 백파이프가 코를 자극하면 오줌을 참지 못하는

사람도 있습니다. 왜냐하면 감정의 주인인 기분이

제멋대로 감정을 좋게도 만들고 싫게도 만들기 때문입니다.

그러면 각하께 드릴 답에 대해서 말씀 올리겠습니다.

왜 혹자는 입이 벌어진 돼지 통구이를 보면 참을 수 없으며,

왜 혹자는 무해하고 필요한 고양이를 참지 못하는지,

왜 또 혹자는 백파이프를 보면 참을 수 없는 나머지

불쾌해져서 남까지 불쾌하게 만드는 그런 불가피한

부끄러움을 겪게 하느냐에 대해서는 이렇다 할

뚜렷한 이유가 없는 것처럼, 왜 제가 이렇듯 앤토니오에 대해서

손해나는 소송을 추구하느냐에 대한 문제에서도

제가 오랫동안 품어온 증오심과 부인할 수 없는

혐오증 때문이라는 것 외에 다른 이유를 댈 수도 없고

또 대고 싶지도 않습니다. 이제 대답이 되었습니까?

바싸니오 그게 무슨 답이 되오, 이 몰인정한 사람.

그건 당신의 잔인한 주장을 변명하려는 것이오.

샤일록 당신을 즐겁게 만들어줄 대답을 할 의무는 없소이다!

바싸니오 사람은 사랑하지 않는 것을 모조리 죽여야 하오?

샤일록 죽이고 싶지 않은 것을 증오하는 사람도 있던가요?

바싸니오 거슬리는 일이라고 모두 처음부터 증오하는 것은 아니오!

샤일록 뭐요! 당신이라면 뱀에게 두 번이나 물리겠소?

앤토니오 제발 논쟁의 상대자가 유대인임을 염두에 두게.

차라리 바닷가에 서서 만조의 바닷물더러 평상시 수위로

낮추라고 명령하는 편이 나을 걸세. 차라리 이리에게

어째서 새끼 양을 잡아먹어 어미 양을 울렸는가를

따지는 것이 나을 걸세. 차라리 산에 있는 소나무를 보고

하늘의 돌풍을 만날 때에 나무 끝을 흔들거나 소리를

내지 말라고 하는 것이 나을 걸세. 저 유대인의 마음을—

그보다 단단한 것이 이 세상에 뭐가 또 있겠는가—

부드럽게 해보려 하느니 차라리 그 밖의 무엇이든지 가장 어려운

일을 해보는 것이 나을 걸세. 그러니 자네에게 간청하는데,

더 이상 제의도 말고, 더 이상의 노력도 말게.

간단명료하게 나에게는 판결을 내려주고

유대인에게는 그의 의지를 실현시켜주도록 하게.

바싸니오 당신의 3천 다카트를 여기 6천 다카트로 갚겠소.

샤일록 만약 6천 다카트의 한 닢 한 닢이 여섯 부분으로 쪼개져서

그 쪼개진 조각 하나하나가 다카트 한 닢이 된다고 해도

나는 받지 않겠소. 나는 차용증서대로만 할 작정이오!

대 공 자비를 베풀지 않으면서 어떻게 남의 자비를 장차 바라겠소?

샤일록 잘못한 것 없는 제가 어떤 심판을 두려워하겠습니까?

여러분들 중에는 노예를 많이 사서 부리는 분이 계십니다.

당신들은 이 노예들을 당나귀, 개나 노새처럼

천한 노역에 부려 먹지 않습니까?

왜냐하면 당신들은 그들을 돈 주고 샀기 때문입니다.

저도 당신들에게 요구해볼까요?

그들을 놓아주시오. 그들을 당신들의 자녀와 결혼시키시오.

왜 그들은 무거운 짐을 지고 땀을 흘려야 합니까?

그들의 잠자리도 당신들의 것처럼 푹신하게 해주고,

그들에게도 당신들이 먹는 고기를 맛보도록 해주고 말이오?

당신들은 아마 이렇게 대답할 것입니다.

'그 노예들은 우리의 것이다.' 저도 그와 마찬가지의

답을 드리겠습니다. 내가 그에게 요구하고 있는 살 1파운드는

매우 비싸게 산 것이며, 그건 내 것이고, 나는 그것을 갖겠소.

만약 이것을 거부하시면 당신의 법은 형편없게 될 것입니다.

베니스의 법은 다 효력을 잃고 맙니다. 저는 판결을 요구합니다.

답해주십시오, 판결을 내려주십시오.

대　공　내 권한에 의거, 나는 이 재판을 기각할 수 있지만

박학한 벨라리오 박사를 이 사건의 판결을 위해

모시기로 한 바 그분이 오늘 여기 오시게 되어 있소.

설리어리오　　　　각하, 박사님의 서찰을 휴대한 자가

파두아에서 도착하여

문밖에 대령하고 있습니다.

대　공　그 서찰을 가져오고 사자를 불러들이오!

바싸니오　기운을 내게, 앤토니오. 이 사람아, 용기를 내!

저 유대인이 내 살, 피, 뼈 기타 모든 것을 차지하면 했지

자네가 나로 인해 피 한 방울 흘리지 않도록 하겠네.

앤토니오　나는 한 떼의 양들 중 거세된 병든 수놈으로

죽기에 알맞은 놈이네. 열매도 가장 약한 것이 제일 먼저

땅에 떨어지는 법이니 나도 그렇게 되도록 내버려두게나.

바싸니오, 자네는 살아서 내 비문을 쓰는 일보다 더

훌륭한 일은 갖지 못할 걸세.

법관 서기의 옷차림을 한 니리서 등장.

대　공 파두아에서 왔소? 벨라리오 씨가 보냈소?

니리서 그러하옵니다, 대공. 벨라리오 씨의 문안을 전해드립니다.

(그녀는 서찰 한 통을 전한다)

바싸니오 무슨 이유로 당신은 칼을 그처럼 열심히 갈고 있소?

샤일록 저기 저 파산자에게서 벌금을 베어내기 위해서요.

그라쉬아노 몰인정한 유대인, 칼을 당신의 구두창 바닥에

갈 게 아니라 당신 영혼의 바닥에 갈지 그러오.

하지만 어떤 쇠 도구도—아니, 사형 집행리의 도끼도—

그대의 날카로운 악의에 비하면 반에도 못 미칠 거요.

어떤 기도도 당신의 마음을 꿰뚫을 수 없단 말이오?

샤일록 안 되지요. 그런 솜씨라면 어떤 기도도 어림없어요.

그라쉬아노 오, 당신은 저주받아 지옥에 떨어지는 천벌을 받고도 남을

개가 되시오! 당신을 살려두다니 정의의 심판이 원망스럽소.

당신은 내 신앙심을 뒤흔들어 짐승의 넋이 인간의 몸속으로

기어든다는 피타고라스의 견해*에 찬동하도록 만드는군.

개의 것과 같은 그대의 넋은 본시 이리 속에 있었던 것인데,

사람을 죽인 죄로 그 이리가 교수형을 당할 때 그놈의

사나운 넋이 교수대에서 도망쳐서 그대가 아직 불결한

어미의 뱃속에 누워 있을 때 그대의 몸속으로 기어든 것이오.

---

* 피타고라스는 영혼이 윤회한다고 믿었다.

그래서 그대는 이리와 같고, 잔인하고 굶주리고,

갈까마귀 같은 탐욕에 찬 욕심을 지닌 것이오.

샤일록 그대의 욕지거리가 내 차용증서에서 날인을

지워버릴 수 있다면 모를까, 그렇게 큰 소리를 내면

허파만 해치는 결과가 될 걸세, 젊은이.

정신을 수선해요. 아니면 고칠 수 없이 파괴되어버릴 거요.

자, 법을 집행해주세요.

대 공 벨라리오 씨는 이 편지에서 젊고 박식한

박사 한 분을 우리 법정에 추천하였소.

그분은 지금 어디에 계시오?

니리서   그분은 아주 가까이 대령하였고,

각하께서 그의 출정을 허락해주실지를 알고자 합니다.

대 공 허락하다 뿐이겠소. 서넛이 가서 그분을

이곳으로 정중히 맞아들이도록 하오.

그동안 법정에서는 벨라리오 씨의 편지를 낭독하겠소.

(읽는다) '말씀드리자면 저는 각하의 서찰을 와병 중에 받게 되
었습니다. 각하의 사자가 이곳에 도착했을 때 마침 로마의 젊
은 박사인 밸서자라는 분이 우정의 방문을 하여 동석해 있었
습니다. 저는 박사에게 유대인과 거상 앤토니오 사이의 소송
건을 설명했고, 그와 함께 많은 서적을 참고하였습니다. 박사
에게 제 의견을 개진하였더니 박사는 더 이상 칭찬할 말이 없
을 심원한 학식으로 이를 개선 정리하였고, 저의 간청으로 밸

서자 박사가 저를 대신해 각하의 요청에 응하기 위해서 각하를 찾아뵙기로 했습니다. 다만 박사가 연소하다고 하여 존경에 찬 평가를 받음에 부족함이 없도록 해주시길 바라옵니다. 그렇게 연소한 몸으로 그렇게 노련한 두뇌를 소유한 사람을 저는 일찍이 보지 못하였습니다. 하오니 각하께서 그를 영접해주시기를 바랄 따름입니다. 그에 대한 소인의 칭찬은 그를 써보시면 더 잘 수긍하시게 될 것입니다.'

법학 박사의 옷차림을 한 **포오셔** 등장.

이것이 박식한 벨라리오 씨가 보낸 편지의 내용이오.

이제 그 박사가 들어오시는 것 같소.

손을 이리 주시오. 연로한 벨라리오 씨가 보내신 분이지요?

포오셔 그렇습니다, 각하.

대 공 　　　　　　　　반갑소. 좌정하십시오.

현재 이 법정에서 문제되고 있는 소송 건에 대해서는

알고 계신지요?

포오셔 이 건에 대해서는 자세히 들었습니다.

어느 쪽이 상인이고, 어느 쪽이 유대인입니까?

대 공 앤토니오와 노령의 샤일록은 다 일어서시오.

포오셔 당신의 이름이 샤일록이지요?

샤일록 　　　　　　　　샤일록이 제 이름이올시다.

포오셔 당신은 참으로 이상한 성격의 소송을 제기하였습니다.

그러나 그것은 합법적이기에 베니스의 법은

당신이 제기한 소송을 비난할 수 없습니다.

당신은 저 사람의 손아귀에 잡혀 있지요?

앤토니오   예, 저 사람이 그렇게 말하는군요.

포오셔   당신은 이 차용증서를 인정합니까?

앤토니오   예, 인정합니다.

포오셔   그러면 유대인이 자비를 베풀어야겠습니다.

샤일록   어떤 강압으로 그래야만 합니까? 그 점을 말씀해주십시오.

포오셔   자비의 본질은 강압을 받는 것이 아닙니다.

이것은 마치 하늘에서 대지 위로 내리는

고마운 비와 같습니다. 이것은 이중의 축복으로

베푸는 자와 받는 자를 동시에 축복해줍니다.

이것은 가장 위력 있는 것 중에서도 가장 위력이 있습니다.

이것은 왕좌에 오른 임금을 왕관보다 더욱

임금답게 해줍니다. 임금의 홀은

지상 권력의 상징이며 위풍과 존엄의 표지로

거기에는 임금의 위엄과 황공함이 깃들어 있지만

자비는 그 홀이 상징하는 위력을 초월하여

임금의 가슴속 옥좌에 자리 잡고 있으며,

하느님께서 친히 지니신 덕의 하나입니다.

따라서 자비심을 발휘하여 처벌을 완화시킬 때에

지상의 권세는 비로소 하느님의 권세에 가장 가까워지는

것입니다. 그러므로 유대인이여, 비록 당신이 요구하는

심판이 정당한 것이기는 하나, 이 점을 고려해보시오.

즉, 심판하여 처벌하는 것만을 고집한다면

누구도 구원받지 못할 거라는 사실을 말입니다.

우리도 자비를 위해서 기도드리며, 이 기도는

또 우리에게 자비를 베풀도록 가르치고 있습니다.

제가 이렇게 말을 많이 한 것은 당신이 집요하게 요구하는

처벌에 대한 주장을 완화시키기 위해서였습니다.

물론 계속해서 당신이 주장을 굽히지 않는다면

엄격한 베니스 법정은 필연적으로 저 상인에게는

불리한 판결을 내리지 않을 수 없습니다.

샤일록 제 행위에 대한 응보는 제가 받겠습니다. 저는 법의

집행, 즉 저의 차용증서에 명시된 벌과금을 원합니다.

포오셔 이 상인은 돈을 갚을 능력이 없습니까?

바싸니오 있습니다. 그를 대신해서 제가 이 법정에서

드리겠습니다. 아니, 두 배로 지불하겠습니다.

만약 이것도 부족하다면 저의 손, 머리, 심장을 담보로 해서

열 배로 그것을 갚겠다고 약속합니다.

만약 이것 역시 부족하다면 악인이 의인을

파멸시키려는 것이 분명합니다. 그러므로 간청하오니

당신의 직권으로 한 번만 법을 굽혀서,

큰 정의를 행하기 위해서 작은 부정을 행사하시어

이 잔인무도한 악마의 의도를 꺾어주십시오.

포오셔 그렇게 해서는 안 됩니다. 베니스의 어떤 권력도

기정(既定)의 조항을 하나라도 변경할 수는 없습니다.

그것이 판례로 기록된다면 그 선례를 따라서

위법 처사가 수없이 감행되어 국가의

화근이 될 것입니다. 그것은 안 됩니다.

샤일록 다니엘 같은 명판관이 심판하러 오셨군. 진정 다니엘 같은 분.

총명하신 젊은 판사님*, 당신을 진정 존경합니다!

포오셔 차용증서를 좀 보여주시오.

샤일록 여기 있습니다, 지극히 존경하옵는 박사님. 여기 있어요.

포오셔 샤일록, 당신 돈의 세 배를 갚겠다는 제의**가 있습니다.

샤일록 맹세, 맹세, 저는 하늘에 맹세했습니다.

제가 제 영혼에 거짓 맹세의 죄를 과해야 하는지요?

안 됩니다, 베니스를 모두 준다고 해도.

포오셔   아니, 이 차용증서는 기한이 지나서 명시된 대로

벌금을 내야 합니다. 이에 의해서 유대인은 합법적으로

저 상인의 심장에서 가장 가까운 곳에서 1파운드의 살을

베어낼 수 있는 것입니다.*** 하지만 자비를 베푸시오.

---

* 구약성경의 다니엘서에는 판사로서의 다니엘을 크게 부각시키지는 않았다. 여기에서 언급되는 내용은 경외성경의 「스자나의 이야기」에서 온 듯하다. 여기에서 다니엘은 판사로 그리고 젊은이로 그려져 있어 샤일록의 '총명하신 젊은 판사님'과 들어맞는다.

** 포오셔는 '세 배'라고 말하고 있지만 바싸니오는 '두 배'와 '열 배'라고 말했지 '세 배'라고 말한 적은 없다.

*** 앞서 차용증서에 명기할 조건을 이야기할 때 샤일록은 앤토니오의 몸 어디에서라도 자신이 원하는 부분에서 1파운드의 살을 베어낸다고 했지 '심장에서 가장 가까운 곳에서'라고 하지는 않았다. 짐작건대, 샤일록은 차용증서를 작성할 때 그와 같은 조항을 마련해 넣었을 것이다.

세 배의 돈을 받고 이 차용증서는 내가 찢도록 해주오.

샤일록 증서의 내용대로 벌금이 지불되었을 때에만.

보아하니 당신은 훌륭한 판사입니다.

당신은 법에 정통하고, 당신의 법 해석은

가장 건전한 것이었습니다. 법의 훌륭한 기둥인

당신께 저는 법에 따른 판결을 부탁합니다.

제 영혼을 걸고 맹세하는데 인간의 혀가 지닌

힘으로는 제 마음을 바꿀 수 없습니다.

차용증서대로 판결해주십시오.

앤토니오 저도 판결을 내려주시기를

법정에 간곡히 청하는 바입니다.

포오셔 　　　　　　　　　　자, 그렇다면 판결은 이렇습니다.

당신은 저 사람의 칼을 가슴에 받을 준비를 하시오.

샤일록 오, 고귀하신 판사님! 오, 매우 훌륭하신 젊은 분!

포오셔 여기 증서에 따라 마땅히 지불되어야 하는

것으로 되어 있는 이 벌금은

법의 의도 및 취지와 일치합니다.

샤일록 여부가 있겠습니까. 오, 지혜롭고 공정하신 판사님,

당신은 어쩌면 그렇게 겉모습에 비해 노련하십니까?

포오셔 그러므로 당신은 가슴을 열어젖히시오.

샤일록 　　　　　　　　　　　　그래요, 그의 가슴!

차용증서엔 그리 적혀 있어요. 그렇지 않나요, 고결하신 판사님?

'심장에서 가장 가까운' 바로 그렇게 명기되어 있습니다.

포오셔 바로 그렇소이다. 살점을 달아볼

저울은 준비되어 있습니까?

샤일록 여기 준비해두었습니다.

포오셔 샤일록 씨, 당신의 비용으로 외과의를 곁에 대기시키시오.

저 사람의 상처를 꿰맬 수 있도록. 출혈로 죽으면 안 되니까요.

샤일록 그것이 증서에 명기되어 있나요?

포오셔 명기되어 있지는 않지만 상관없습니다.

그 정도의 자선을 베푸는 것이 당신에게 이로울 것입니다.

샤일록 그 문구는 찾아볼 수 없으며, 증서에 들어 있지 않습니다.

포오셔 여보, 상인. 당신 무슨 할 말은 없습니까?

앤토니오 별로요. 마음의 무장이, 그것도 단단히 되어 있습니다.

바싸니오, 자네의 손을 한번 만져보세. 잘 있게.

내가 자네 때문에 이 지경이 되었다고 슬퍼하지는 말게.

이번 일에서 행운의 여신이 관례를 벗어나 내게 친절을

베푸는 것 같으니 말일세. 그 여신의 변함없는 습관은

파산 후에도 그 비참한 사람의 목숨을 부지시켜서

움푹 들어간 눈과 주름살이 진 이마를 하고 빈곤한 노년을

체험토록 하는 것이지만 그와 같은 끊임없이 이어지는

비참한 고행으로부터 나를 끊어냈네.

존경하는 자네의 아내에게 안부 전해주게.

그리고 앤토니오의 최후의 과정도 얘기해주게.

내가 자네를 얼마나 사랑했는지도 얘기하고 죽음에 임하여

내가 어떻게 했는가도 잘 말해주기 바라네.

이 이야기를 다 해준 후에 부인에게 판단을 부탁해보게,

바싸니오에게 한때 진정한 친구가 있었는지 여부를.

만약 자네가 친구를 잃게 된 것을 서러워해주기만 한다면

그대의 빚을 갚은 그 사람도 결코 후회가 없을 걸세.

이 유대인이 칼을 깊숙이 넣어서 살을 베기만 하면

나는 곧 내 심장 전부로 빚을 갚게 될 테니 말일세.

바싸니오 앤토니오, 나와 결혼한 내 아내는

사실 나에게는 내 생명처럼 귀중하네만

내 생명, 아내 그리고 온 세상도

나에게는 자네의 목숨 이상으로는 귀중하지 않다네.

자네를 구하기 위해서라면 그 모두를 잃어도 좋네.

아니 그 모두를 여기 이 악마에게 제물로 바치겠네.

포오셔 당신의 아내가 여기 가까이 있어서

당신의 제의를 듣는다면 별로 감사해하지는 않을 것이오.

그라쉬아노 저도 아내가 있으며, 그녀를 사랑한다고 장담합니다.

하나 하늘의 힘을 빌려 이 개 같은 유대인의 마음을

바꿔놓을 수만 있다면, 그녀가 하늘나라에 있으면 할 것입니다.

니리서 부인이 안 계신 곳에서 그런 말씀을 하시니 망정이지

그 바람은 집안에 큰 소동을 일으킬 것입니다.

샤일록 (방백) 기독교도 남편들이란 이런 자들이지! 나도 딸이 있지만

차라리 강도놈 바라바의 자손이 그 애의 남편이 되었으면 되었지

예수쟁이를 남편으로 맞지 않기를 바란다.

시간 낭비 말고 제발 어서 판결을 내려주십시오.

포오셔   저 상인의 살 1파운드는 당신의 것이며,

　　　　이 법정은 그것을 판정하고 법이 그것을 줍니다.

샤일록   가장 올바르신 판사님!

포오셔   그리고 당신은 이 살을 그의 가슴에서 베어내야만 합니다.

　　　　법이 그것을 허락하고 이 법정이 그리 판정합니다.

샤일록   가장 유식하신 판사님! 선고로다! 자, 준비하오.

포오셔   잠깐만 기다리시오. 추가 사항이 있소이다.

　　　　이 차용증서에는 당신에게 피 한 방울도 준다는 말은

　　　　없고, '살 1파운드'라고 명기되어 있을 뿐이오.

　　　　자, 그러면 그 증서대로 하시오. 1파운드의 살을 취하시오.

　　　　그렇지만 살을 베어낼 때 단 한 방울이라도

　　　　기독교인의 피를 흘린다면 당신의 토지와 재산은

　　　　베니스 법에 의거 몰수되어 베니스

　　　　국가에 귀속됩니다.

그라쉬아노　　　　　　　오, 올바르신 판사님!

　　　　들으셨나, 유대인. 오, 박식하신 판사님!

샤일록   법이 그렇습니까?

포오셔　　　　　그 법 조례를 당신이 직접 터득하게 될 것입니다.

　　　　당신이 재판을 촉구했기 때문에 당신이 원하는

　　　　이상으로 엄격한 재판을 받게 된 것임을 명심하시오.

그라쉬아노   오, 박식하신 판사님! 잘 듣게, 유대인. 박식하신 판사님.

샤일록   그러면 제의를 받아들여서 차용금의 세 배를 갚아주시오.

　　　　그러면 이 기독교인을 놓아주겠습니다.

바싸니오	돈 여기 있소.

포오셔 잠깐만!

유대인은 정의의 심판 그대로를 받게 됩니다. 그러니, 서두를
것은 없소이다. 유대인은 그 벌금만큼만을 받도록 하겠습니다.

그라쉬아노 오, 유대인아! 올바르시고 박식하신 판사님이시다!

포오셔 그러니 살을 베어낼 준비를 하시오.

피를 흘려서도 안 되지만 1파운드 이하도 이상의 살도
베어내서는 안 되고 정확하게 꼭 1파운드의
살만을 베어내야 합니다. 만약 정확히
1파운드가 아닌 그 이상이나 그 이하로 베어낸다면—
그 분량이 무게의 경중을 초래하는 경우는 물론이거니와,
1푼의 20분의 1만큼의 무게라도 다르다면,
아니 머리카락 한 개의 무게로 인해서 저울이
기울기라도 한다면,
당신은 죽게 되며 당신의 전 재산은 몰수됩니다.

그라쉬아노 제2의 다니엘이시다. 다니엘 같은 명판관이셔,
유대인 불신자여. 이제야 당신 허리를 들어 올렸소.

포오셔 유대인, 왜 머뭇거리시오? 벌금을 받아가시오.

샤일록 원금만 받고, 가게 해주십시오.

바싸니오 원금은 여기 준비되어 있소. 자, 받으시오.

포오셔 그는 그것을 공판정에서 거절한 바 있습니다. 그에게는
오직 정의의 심판과 차용증서 집행만이 있게 됩니다.

그라쉬아노 다니엘 같으신 명판관이시라니까, 제2의 다니엘 명판관!

이 말을 가르쳐주어서 고맙소이다, 유대인.

샤일록 그저 원금만 받도록 해주실 수 없겠습니까?

포오셔 당신이 받을 수 있는 것은, 잘못 받으면

당신의 생명이 없어지게 될, 그 위약에 대한 벌금뿐입니다.

샤일록 그러면 저자를 마음대로 하시오.

저는 더 이상 응답하지 않겠습니다.

포오셔 　　　　　　　　　　잠깐만, 유대인

법은 당신에게 또 한 가지의 요구를 갖고 있습니다.

베니스 법률이 정한 바에 따르면

만약 외국인이 직접적 혹은 간접적인 시도로

시민의 생명을 빼앗으려고 한 것이

판명된다면 가해를 획책한 자의 재산을 몰수해

피해자가 될 뻔한 사람이 그 반을 차지하고

나머지 반은 국고에 귀속됩니다.

그리고 범인의 생명은 오로지 대공의 자비하에

놓이게 되며, 누구도 이에 간섭할 수 없습니다.

당신은 바로 이런 상황에 놓여 있어요.

당신이 직간접으로 피고인의 생명을 해치려고

획책했다는 것이 명백히 드러났으니까 말이오.

당신은 앞에서 내가 열거한 바의 죄과를

저지른 것입니다. 그러므로 무릎을 꿇고

대공의 자비를 구하시오.

그리쉬아노 스스로 목매 죽도록 허락해달라고 간청하시오.

그런데 당신의 재산은 전부 몰수되어

끈을 살 돈도 없을 테니

국비로 목매 죽을 수밖에 없겠소.

대 공   우리의 정신이 그대의 것과 다름을 깨닫도록

그대가 청하기 전에 그대의 목숨을 돌려주는 바이오.

그대 재산의 반은 앤토니오의 것이고

나머지 반은 국가에 귀속되는데

겸손한 행동을 보이면 벌금 정도로 줄여줄 수도 있소.

포오셔   물론 국가에 귀속된 재산에 대해서이고

앤토니오에게 돌아갈 재산은 아니오.

샤일록   아니, 목숨이고 무엇이고 다 빼앗아가십시오.

그것을 돌려주지 마십시오. 내 집을 버티고 있는 기둥을

빼앗는 것이 곧 내 집을 빼앗는 것이 되듯이

내 생활 수단을 빼앗는 것은 곧 내 목숨을 빼앗는 것입니다.

포오셔   앤토니오 씨, 저 사람에게 어떤 자비를 베풀겠습니까?

그라쉬아노   목맬 끈 하나를 무료로. 그 외엔 제발 아무것도.

앤토니오   대공 각하와 법정이 허락하신다면 말씀드립니다.

저는 저 사람 재산 중 국고에 들어갈 절반만을

벌금으로 갚도록 하는 데 만족하겠습니다. 만약 제게 돌아올

절반의 재산을 제가 갖고 있다가 저 사람이 사망하면

그것을 최근에 그의 딸을 데리고 나간

젊은이에게 양도할 수 있도록 해준다면 말입니다.

조건이 두 가지 더 있습니다. 첫째, 이 은전(恩典)에 대한 대가로

저 사람은 곧 기독교인이 될 것,

둘째, 자신이 죽으면 소유재산 일체를 사위 로렌조와 딸에게

물려준다는 증여증서를 본 법정에서 쓰는 것입니다.

대 공 그렇게 처리하겠소. 만약 불복하면 이 자리에서

조금 전에 내린 바 있는 재산반환 사면을 취소할 터이오.

포오셔 유대인, 이의 없지요? 말해보시오?

샤일록 좋습니다.

포오셔   서기, 증여증서를 작성하오.

샤일록 제발 이젠 보내주시오.

몸이 편칠 않습니다. 증여증서는 후에 보내주시면

서명하겠습니다.

대 공   가오. 하지만 서명은 해야 하오.

그라쉬아노 당신이 세례를 받는 데에는 두 명의 대부가 필요할 테지만,

만약 내가 판사라면 사람 열을 더 불러서

당신을 세례반(洗禮盤)이 아닌 교수대로 보냈을 것이오.*

(샤일록 퇴장)

대 공 함께 내 집으로 가서 식사를 나누면 좋겠소.

포오셔 결례를 용서해주시기 바랍니다.

저는 오늘 밤 파두아로 떠나야 합니다.

그래서 지금 곧 출발해야 합니다.

대 공 시간적 여유가 없다니 참 유감천만이오.

---

* 10명이 추가되면 모두 12명인데, 이는 12명으로 구성된 배심을 뜻한다. 당시 배심원들을 '대부들'이라 부르는 농담이 유행했다.

앤토니오, 이 양반에게 보답하오.

당신이 이분에게 큰 은혜를 입은 것 같소.

(대공과 그의 수행원 퇴장)

바싸니오 가장 훌륭하신 판사님, 저와 저의 친구는

오늘 판사님의 슬기로우신 판결로 무서운

형벌을 면하게 되었습니다. 그 보답으로

저희들은 유대인에게 갚으려 했던 3천 다가트로

판사님의 노고에 보답하고자 합니다.

앤토니오 그리고 우리는 성의와 정성을 다하여 언제까지고

판사님께 보답해도 부족할 것으로 압니다.

포오셔 흐뭇한 만족감을 느끼는 사람은 흐뭇한 보수를 받은 것입니다.

그래서 저는 당신을 구한 것으로 만족하고 있으며

그 만족으로 충분한 보수를 받았다고 생각합니다.

저는 그 이상의, 금전적 보수를 목적하지 않았습니다.

우리가 다음에 만나거든 모르는 척하지만 마십시오.

안녕히 계십시오. 저는 이제 실례하겠습니다.

바싸니오 판사님, 저는 좀 더 권해야겠습니다.

저희의 기념물이라도 받아주십시오. 보수로서가 아니라

경의의 표시로 드립니다. 제발 두 가지 부탁을 들어주십시오.

첫째, 거절하지 마실 것, 둘째, 제 실례를 용서해주실 것입니다.

포오셔 이처럼 강권하시니 그럼 응하겠습니다.

당신의 장갑을 제게 주시오. 내 당신을 위해 그것을 끼겠습니다.

그리고 당신의 사랑의 뜻으로 당신에게선

이 반지를 받겠습니다. 왜 손을 뒤로 빼십니까. 그것 이외에는

받지 않겠습니다. 사랑의 표시이므로 당신은

그것을 거절하시지는 않을 것으로 압니다.

바싸니오 판사님, 이 반지요? 아, 이것은 보잘것없습니다.

이것을 드리는 그런 부끄러운 짓은 하지 않겠습니다.

포오셔 그것 외에는 아무것도 받지 않겠습니다.

왜 그런지 그것을 갖고 싶군요.

바싸니오 이 반지에는 제 값어치 이상의 것이 들어 있습니다.

제가 베니스에서 가장 값비싼 반지를 드리겠습니다.

포고를 발해서라도 구하겠습니다.

이것만은 제발 용서해주십시오.

포오셔 알겠습니다. 당신은 주겠다는 선심을 입으로만

크게 쓰시고 있음을. 처음에는 청하라고 가르쳐주시더니

이제는 청하면 어떤 답을 받게 되는지를 가르쳐주시는군요.

바싸니오 판사님, 이 반지는 제 아내에게서 받은 것입니다.

아내는 이것을 끼워주면서 저에게 팔지도 주지도

또 잃어버리지도 않겠다는 맹세를 하게 했답니다.

포오셔 수많은 사람들이 선물하기 아까울 때는 그저 변명을 한답니다.

만약 당신 아내가 정신 나간 여인이 아니라서 제가 이 반지를

받을 자격이 충분함을 아신다면 그것을 제게 준 데 대해서

언제까지나 원망하지는 않을 것입니다.

그럼, 안녕히 계시기 바랍니다.　　　　　(포오셔와 니리서 퇴장)

앤토니오 바싸니오, 반지를 그분께 드리게.

그분의 공로에 내 우정까지 합하면

자네 아내의 명령만 한 값어치는 될 것이 아닌가.

바싸니오 이봐요, 그라쉬아노, 뛰어 쫓아가서

그분께 이 반지를 드리게. 그리고 가능하면

그분을 앤토니오의 집으로 모시게. 자, 서두르게. (그라쉬아노 퇴장)

자, 자네와 나는 이제 자네 집으로 가세.

그리고 우리 내일 아침 일찍

벨몬트로 달려가세. 자, 가세, 앤토니오.　　　　　(모두 퇴장)

2장
베니스. 거리.

포오셔와 니리서 등장.

포오셔 유대인의 집을 물어서 찾아 그에게 이 증서를 주고

서명하게 해라. 오늘 밤에 떠나자.

우리의 남편들보다 하루 일찍 집에 가야지.

이 증서를 보면 로렌조는 무척 기뻐할 거다.

그라쉬아노 등장.

그라쉬아노 판사님, 다행히 판사님을 따라잡았습니다.

바싸니오 씨가 좀 더 숙고하신 후

이렇게 판사님께 반지를 보내면서 저녁 식사를 함께 하시길

청했습니다.

포오셔　　　　　　　그건 여의치 않습니다.

그분의 반지는 대단히 감사하게 받겠습니다.

이 말을 꼭 전해주십시오. 한 가지 더 부탁드릴 것은,

이 젊은이를 연로한 샤일록의 집으로 안내해주셨으면 합니다.

그라쉬아노　그렇게 해드리겠습니다.

니리서　　　　　　　　　　박사님, 한 말씀 드리고 싶어요.

(포오셔에게 방백) 저도 남편의 반지를 빼앗을 수 있는지 보겠어요.

저도 그이에게 그 반지를 영원토록 지니도록 맹세시켰거든요.

포오셔　그럴 수 있을 거야, 틀림없이. 남자들의 오랜 버릇대로

우리의 남편들은 반지를 여자가 아니라 남자에게

준 것이라고 맹세를 늘어놓게 될 것이고. 우리 그들에게

무안을 주고, 한술 더 떠 그들의 맹세를 무색하게 만들어보자.

자, 서둘러. 내가 기다리고 있을 장소는 알고 있겠지?

니리서　그럼 선생님, 그 집으로 인도해주시겠어요?　　　(모두 퇴장)

5막

1장

벨몬트. 포오셔의 집 앞 푸른 정원.

로렌조와 제시커 등장.

로렌조 달빛이 밝소. 이런 밤에

달콤한 바람이 나무에 고요히 입 맞추고,

나무 또한 소리를 죽이는 이런 밤에

트로일로스는 트로이 성벽을 뛰어올라

그날 밤 크레시다가 잠들어 있는 그리스 진영의 막사를

향해서 영혼의 탄식을 했을 것이오.*

---

* 트로이 전쟁 당시 트로이의 왕자 트로일로스는 트로이의 멸망을 예언한 점술가의 딸
인 크레시다와 사랑하는 사이였다. 적국인 그리스 진영으로 크레시다가 끌려가자 트로

| 제시커 | 이런 밤이었을 거예요. |

시스비가 공포심에 싸여 이슬 덮인 길을 가다가

사자보다도 사자의 그림자를 먼저 보고서

소스라치게 놀라 도망친 밤도.**

| 로렌조 | 이런 밤이었소. |

다이도가 버들가지를 손에 들고

사나운 물결이 밀어닥치는

해안가에 서서 다시 카르타고로 돌아오라고

연인에게 손짓한 밤도.***

| 제시커 | 이런 밤이었을 거예요. |

미디아가 시아버지 이슨의 청춘을 회복시킨

마력의 약초를 캐낸 밤도.****

| 로렌조 | 이런 밤이었소. |

제시커가 부유한 유대인의 집을 몰래 빠져나와

가난한 애인과 함께 베니스를 탈출하여

벨몬트까지 온 밤도.

일로스는 애태우며 그녀를 기다렸지만 크레시다는 변심하여 적장의 품에 안긴다.

** 시스비(티스베)는 바빌론의 미인으로 그녀는 부모의 반대를 무릅쓰고 연인 피라모스를 몰래 만나러 간다. 그러나 약속 장소에 돌연 나타난 사자에 놀라 면사포를 내버린 채 근처의 동굴로 피신한다. 뒤늦게 당도한 피라모스는 그녀가 사자에게 변을 당한 줄로만 알고 검으로 자결한다.

*** 다이도(디도)는 카르타고의 미망인 왕비로 아이네이아스에게 실연당해 자살한다.

**** 미디아(메데이아)는 황금 양털을 찾으러 온 이아손과 사랑에 빠진 콜코스(콜키스) 왕의 딸로, 황금 양털을 손에 넣은 이아손과 함께 그리스로 도망쳤고 마력의 약초로 시아버지 이슨(아이손)을 회춘시킨다.

제시커   이런 밤이었어요.

젊은 로렌조가 그녀를 깊이 사랑하겠다고 맹세하고

변심하지 않을 것을 수없이 맹세하여 그녀의

마음을 고스란히 빼앗아간 밤도.

그런데 참다운 맹세는 하나도 없었지요.

로렌조   이런 밤이었소.

아름다운 제시커가 귀여운 말괄량이처럼

애인을 헐뜯었으나 애인이 그것을 용서한 밤도.

제시커 누가 오고 있지만 않다면 밤을 언급하는 내기에서 당신을

이길 수도 있는데. 들어보세요, 사람의 발소리가 들려요.

사자 스테파노 등장.

로렌조 고요한 밤중에 이토록 서둘러 오는 사람은 뉘시오?

스테파노 친구요!

로렌조 친구! 무슨 친구요? 친구 양반, 당신의 이름은?

스테파노 스테파노올습니다. 전갈을 갖고 왔습니다요.

저의 주인마님께서 동이 트기 전에

이곳 벨몬트에 도착하실 겁니다. 성스러운 십자가가 서 있는

곳에 이르실 때마다 멈춰 서서 무릎을 꿇고 행복한

결혼생활을 위해 기도를 올리고 계십니다요.

로렌조   동행은 있소?

스테파노 아무도 없답니다요. 수도사* 한 분과 시녀 외엔.

그런데 주인 양반께서는 돌아오셨습니까요?

로렌조   아직 돌아오지 않으셨소. 아직 소식도 없어요.

제시커, 우리 그만 들어갑시다.

그리고 이 댁 안주인을 의식을 갖추어

성대히 환영할 수 있도록 준비합시다.

어릿광대 란슬럿트 등장.

란슬럿트   솔라, 솔라! 오호, 호! 솔라, 솔라!**

로렌조   누가 부르고 있을까?

란슬럿트   솔라! 로렌조 양반은 어디에 계시오? 로렌조 양반 말이오.

솔라, 솔라!

로렌조   이 사람아, 고함 소리는 그만 내게. 여기야!

란슬럿트   솔라! 어디요, 어디?

로렌조   여기야!

란슬럿트   그분에게 전해주시오. 제 주인 양반이 보낸 사자가 풍요의

뿔 속에 희소식을 가득 담아왔다고 말이오. 저의 주인께서는

아침이 되기 전에 도착하실 것이외다.   (퇴장)

로렌조   여보, 들어가서 그분들의 도착을 기다리기로 합시다.

아니, 들어갈 필요는 없을 것 같소. 들어가서 무엇을 하겠소?

---

* 이 수도사는 무대에 나타나지 않고 언급만 된다.

** 당시 우체부는 뿔 나팔을 불며 다녔다. 란슬럿트는 그것을 흉내 내고 있다.

여보게, 스테파노, 집 안으로 들어가서

주인마님께서 곧 돌아오신다고 전하고

악사들을 밖으로 내보내주게.   (스테파노 퇴장)

어쩌면 이렇게 아름다운 달빛이 이 둑 위에서 잠자고 있을까!

우리 여기 앉아서 음악 소리를

들어봅시다. 부드러운 밤의 고요함은

감미로운 화음 하나하나에 더욱 어울릴 거요.

앉아요. 제시커, 저것을 좀 보오. 넓은 하늘에

반짝이는 금붙이가 두텁게 수놓여 있소.

저기 지금 보이는 별들 가운데서 아무리 작은 별이라도

궤도를 운항할 때는 천사와 같이, 언제나 눈이 반짝이는

아기 천사와 같이 음악에 맞추어 노래 부르고 있소.

이와 같은 화음은 불멸의 영혼 속에도 있소.

그러나 그것은 썩어서 없어지는 육체라는 이 흙의 옷에

싸여 있어서 우리는 들을 수가 없는 것이오.

악사들 등장.

자, 찬미하는 노래를 불러 다이아나 월신(月神)을 깨우고

가장 아름다운 가락을 주인마님의 귀에 울려서

음악으로 그분을 집에 모시도록 하오.   (연주)

제시커 저는 감미로운 음악을 들으면 즐겁지 못해요.

로렌조 그 까닭은 당신의 마음이 듣는 일에 너무 바쁘기 때문이오.

이런 경우는 쉬 목격되지요. 사납게 뛰어다니는

짐승 떼나 혈기 왕성하고 길들지 않은 망아지들은

미친 듯이 뛰어다니고 울부짖으며 으흥으흥 소리를 지르는데

그것은 다 그들의 혈기가 왕성해서 그런 거요.

그런데 만약 어쩌다가 나팔 소리를 듣는다든가

음악 소리가 귀에 와 닿기만 하면 그들은 일제히

가만히 멈추어 설 뿐만 아니라 그 감미로운 음악의

힘에 의해서 그들의 사나운 눈길이 부드러운 빛으로

변하는 것을 볼 수 있소. 그러므로 시인은

일찍이 악성 오르페우스*가 나무, 돌, 냇물을

자기가 있는 곳으로 끌어왔다고 읊었던 것이오.

아무리 목석처럼 우둔하고 광포해도

음악은 잠시뿐이라도 그의 천성을 변화시키는 위력을

지녔기 때문이지요. 음악을 체내에 지니지 못했거나

감미로운 화음에 감동하지 않는 자는

반역죄, 음모, 노략질에만 적합한 자인 거요.

그런 자의 정신 활동은 밤같이 둔하고

정서는 에리버스**만큼이나 어둡단 말이오.

그런 자를 믿어서는 아니 되오. 자, 음악을 들어요.

---

* 그리스의 전설에 나오는 음악의 명수.
** 저승에서도 가장 어두운 곳. 에레보스.

포오셔와 니리서 등장.

포오셔 저기 보이는 불은 우리 집 대청에 켜진 불이다.

작은 촛대가 참 멀리까지 빛을 던지고 있구나!

선행도 이와 같아서 사악한 세상에 빛을 비추고 있어.

니리서 달빛이 밝을 때는 저 촛불이 보이지 않았어요.

포오셔 마찬가지로 큰 영광이 작은 영광을 희미하게 만드는 거다.

왕이 나타날 때까지는 대행자도 왕처럼 빛날 수 있지만

진짜 왕이 나타나면 그의 신분은 내륙의 시내가

대양으로 흘러가 없어지듯이 없어진단 말이야.

음악이다. 들어보아라!

니리서 마님, 저것은 마님 댁의 악대인데요.

포오셔 무엇이나 환경에 따라서 좋기도 하고 덜 좋기도 하는 거야.

낮에 들을 때보다 훨씬 감미롭게 들리는 것 같구나.

니리서 마님, 고요함이 그렇게 만드는 것 같아요.

포오셔 경쟁자가 없을 때는 까마귀의 소리도

종달새 소리만큼 아름다운 법이며,

두견새라 할지라도 거위들이 제각기

꽥꽥거리는 대낮에 운다면 굴뚝새보다

훌륭한 음악가라고 생각되지 않을 거야.

세상만사는 적당한 때와 장소가 조화를 이룰 때 행해져야

비로소 정당한 칭찬을 받으며 완벽을 기할 수 있는 것이다.

조용히! 달님이 엔디미온*과 함께 잠들어

깨려고도 하지 않는구나.　　　　　　　　　　　(음악 소리가 멈춘다)

로렌조　　　　　　　　　　　　저 목소리는

포오셔 아씨의 것이야, 내 귀가 잘못 들었을 리 없어.

포오셔　저 사람은 장님이 뻐꾹새 소리를 알아내듯

내 좋지 못한 목소리로 나를 알아보는군.

로렌조　　　　　　　　　　　부인, 안녕히 다녀오셨습니까?

포오셔　우리들은 남편들의 안녕을 위해서 기도하고 왔는데

보람이 있어서 운수가 대통했기를 바라고 있어요.

그래, 그 양반들 돌아왔나요?

로렌조　　　　　　　　　　부인, 아직 안 돌아오셨습니다.

하지만 사자가 미리 와서

곧 오신다는 소식을 전해주었습니다.

포오셔　　　　　　　　　　니리서, 안으로 들어가서

하인들에게 전하거라. 우리가 떠나 있었던 사실 일체를

모른 척하라고 말이다. 로렌조도, 그리고 제시커도.

　　　　　　　　　　　　　　　(나팔 소리가 울린다)

로렌조　주인 양반께서 당도했습니다. 도착 나팔 소리가 들려요.

우리는 고자질하는 사람들이 아니니 염려 마십시오, 부인.

포오셔　오늘 밤은 병든 낮과 같이 보이네.

약간 더 창백해 보이지만 말이다. 해가 구름에

가려져 있을 때의 낮, 바로 그런 낮과 같구나.

───────────

* 엔디미온은 그리스 신화에 나오는 아름다운 목동으로 그에게 반한 달의 여신이 그를
영원히 잠들게 한 후 매일 밤 내려와 포옹하고 입 맞추었다고 한다.

바싸니오, 앤토니오, 그라쉬아노 및 수행원들 등장.

바싸니오 해가 없더라도 당신만 이렇게 걸어 다닌다면

해가 지구 반대편을 비출 때도 여기는 낮이 될 것이오.

포오셔 밝게 비추어드리겠지만 경박해지진 않겠어요.

경박한 아내는 남편을 슬프게 만들기 때문이에요.

그리고 절대로 바싸니오를 저 때문에 슬프게 하지 않겠어요.

그러나 하느님, 만사를 부탁드려요. 여보, 잘 다녀오셨어요?

바싸니오 고맙소, 여보. 내 친구를 반가이 맞아주오.

이 사람이 앤토니오 바로 그요.

내가 무한한 신세를 지고 있는 사람이오.

포오셔 당신은 모든 면에서 이분에게 많은 신세를 지고 있어요.

듣자니 이분은 당신 때문에 많은 고초를 겪으셨다던데요.

앤토니오 이렇게 죄를 완전히 벗었으니 고통은 없답니다.

포오셔 저희 집을 찾아주셔서 반가울 따름입니다.

반가운 마음은 말 이외의 방법으로 표해야 하므로

말로만 하는 인사치레는 이만 줄이겠습니다.

그라쉬아노 (니리서에게) 저 달에 걸고 맹세하지만 너무 심한 말이오.

진정 나는 그것을 판사의 서기에게 주었단 말이오.

이 문제를 당신이 그처럼 가슴에 사무칠 정도로 중시하고 있으니,

나로선 그걸 받은 남자가 거세된 사람이라면 좋겠소.

포오셔 뭐, 벌써 싸움이야! 왜 그래요?

그라쉬아노 금제 동그라미, 아내가 제게 준 하찮은 반지 때문입니다.

그 반지에는 칼 장수가 칼에 새기듯이 이런 제명(題銘)이

새겨져 있답니다.

'나를 사랑하고 나를 버리지 마오.'

니리서 당신은 어째서 제명이나 값만을 얘기하는 거죠?

제가 그 반지를 드렸을 때 당신은 맹세를 했어요.

죽을 때까지 끼고 있겠다고,

또 무덤 속까지 가지고 가겠다고.

저를 위해서는 아니라고 하더라도 당신이 한 그 열렬한 맹세를

위해서 그 반지를 신중히 간직했어야 했단 말이에요.

판사의 서기에게 주었다고요? 천만에요. 하느님께서 알고 계셔요.

반지 받은 서기는 얼굴에 털이라고는 나지 않을 사람일 거예요.

그라쉬아노 어른이 되면 털이 날 거요.

니리서 그렇지요. 여자가 남자로 변할 수만 있다면요.

그라쉬아노 이 손에 걸고 맹세하는데 나는 반지를 청년에게 주었소.

말하자면 소년이오. 당신 키 정도의

약간 자그마한 소년이오. 판사의 서기 보수로

반지를 달라고 애걸한 뻔뻔스러운 소년이었소.

나는 도저히 그 청을 거절할 수 없었소.

포오셔 솔직히 말씀드려서, 당신이 잘못하셨어요.

부인의 첫 선물을 그렇게 경솔하게 내주었으니 말이에요.

더욱이 그 물건은 맹세를 거듭하고 나서 손가락에 낀 것이고,

그리하여 충실한 사랑의 못으로 당신 몸에 박힌 것이니까요.

저도 제 남편에게 반지 하나를 드렸고 그것을 몸에서
떼어놓지 않겠다는 맹세를 받았어요. 그이는 지금 여기 서 계세요.
그이 대신 제가 맹세할 수도 있어요. 그이는 절대로 반지를
떼어놓지 않을 것이며 세상의 모든 재물을 다 준다고 해도
손가락에서 반지를 빼지는 않을 거예요. 그라쉬아노 씨, 진정
당신은 너무나 무정하게도 부인을 슬프게 했습니다.
저에게 그런 일이 생겼다면 저는 미칠 거예요.

바싸니오 (방백) 차라리 내 왼손을 잘라버리고, 반지를 지키기 위해
싸우다가 그것을 잃었노라 하는 편이 낫겠는걸.

그라쉬아노 바싸니오도 달라고 조르는 판사에게 반지를 주어버렸답니다.
사실 그 판사는 반지를 받을 만했습니다. 그런데 그때 그 소년이,
재판을 기록하느라 수고한 판사의 서기 말입니다만,
글쎄, 제 반지를 달라고 애걸하지 않겠습니까.
판사나 서기가 반지 외에는 아무것도
받지 않겠다 했습니다.

포오셔   여보, 무슨 반지를 주셨나요?
설마 제게서 받은 반지는 아니었겠지요?

바싸니오 만약 잘못에다 거짓말까지 덧붙일 수 있다면
부인하고 싶지만 당신이 보는 대로 내 손가락엔
반지가 없소. 없어진 것이오.

포오셔 거짓으로 찬 당신의 마음에는 진심이라고는 조금도
들어 있지 않아요. 맹세코, 저는 그 반지를 볼 때까지는
결단코 당신의 잠자리에 들지 않겠어요.

니리서   저도요,

　제 반지를 다시 볼 때까지는!

바싸니오   여보, 포오셔.

　만약 내가 그 반지를 누구에게 주었는지를 당신이 안다면,

　만약 내가 누구를 위해서 그 반지를 주었는지를 당신이 안다면,

　만약 내가 무엇을 위해서 그 반지를 주었는지를 이해한다면,

　만약 그가 그 반지 외에는 아무것도 받지 않겠다고 했을 때

　내가 얼마나 그 반지를 내놓기 싫어했는지를 이해한다면,

　당신의 불쾌한 마음이 줄어들게 될 것이오.

포오셔　만약 당신이 그 반지의 힘을 아셨다면,

　그 반지를 준 여자의 가치를 반만이라도 아셨다면,

　그 반지를 간직하는 것이 당신 명예를 위한 길임을 아셨다면,

　당신은 반지를 없애버리지는 않으셨을 거예요.

　만약 당신이 열띤 어조로 그 반지를 줄 수 없다고 하셨더라면

　도대체 어떤 사람이 사랑의 표지로 간직하고 있는 물건을

　달라고 고집할 만큼 염치없고 몰상식하겠어요?

　니리서는 이 일을 어떻게 생각해야 할지를 잘 가르쳐주었어요.

　틀림없이 어떤 여자가 그 반지를 가지고 있을 거예요.

바싸니오　그렇지 않소, 여보. 내 명예를 걸고, 내 영혼을 걸고

　맹세하지만 그 반지를 갖고 있는 사람은

　어떤 여자가 아니고, 민법 박사요.

　그분은 내가 주는 3천 다가트를 거절하고

　반지를 달라고 간청했소. 물론 나는 그것을 거절하였고

그분은 불만을 품고 가버렸소.

그분은 바로 내 귀중한 친구의 생명을 부지시켜준

사람이었소. 여보, 도대체 내가 무슨 말을 할 수 있었겠소?

쫓아가 반지를 전해드리도록 했소.

부끄러움과 예절을 갖추지 못했다는 생각이 엄습했었소.

배은망덕으로 인해서 내 명예가 더럽혀지도록

방관할 수는 없었던 것이오. 여보, 용서하오.

저 축복받은 밤의 촛불*에 걸고 맹세하지만

만약 당신이 현장에 있었더라면 그 반지를 수고하신

그 훌륭한 박사님께 드리라고 내게 간청했을 것이오.

포오셔 그 박사가 우리 집 근처에 오시지 않도록 하셔요.

제가 귀중히 여기는 그리고 당신이 저를 위해 평생토록

간직하겠다고 맹세한 그 보석을 그분이 받아서 가졌으니

저는 당신만큼이나 함부로 무엇이든지 그에게 내줄래요.

저의 몸, 저의 남편의 침대, 무엇이든지 거절하지 않겠어요.

그분과 정도 통할 거예요. 틀림없이 그렇게 될 거예요.

하룻밤도 외박 마셔요. 아거스**처럼 저를 지키세요.

만약 그렇게 하지 않으셔서 저 혼자 집에 있게 되는 경우,

아직은 깨끗한 제 정조에 걸고 맹세하지만

그 박사를 저의 동침자로 삼겠어요.

니리서 저도 그분의 서기를 동침자로 삼겠어요.

---

* 별을 뜻한다.
** 백 개의 눈을 가진 전설적인 괴물. 아르고스.

제가 제멋대로 하도록 방임하지 마셔요.

그라쉬아노 그러시오. 하나 그자가 내게 붙잡히지 않도록 해야 할 거요.

만약 붙잡힌다면 그 젊은 서기의 펜*을 망쳐놓을 테니까.

앤토니오 제가 이 싸움의 불행한 장본인입니다.

포오셔 선생님께서는 괘념 마셔요. 잘 오셨어요.

바싸니오 포오셔, 이 부득이했던 잘못을 용서해주오.

여기에 있는 친구들이 듣는 데서 당신에게 맹세하겠소.

내 몸을 들여다볼 수 있는 당신의 아름다운 두 눈에 걸고

맹세하려 하오—

포오셔   그 소리를 좀 들어봐요.

제 두 눈 속에서 저이는 두 개의 자신을 본다는군요.

한 눈에 하나씩 말이에요. 당신의 두 갈래 난 마음에 걸고

맹세하시구려. 참 믿을 만한 맹세가 될 거예요.

바싸니오   아니, 그러지 말고 들어봐요.

이번 잘못을 용서해주면 내 영혼을 걸고 맹세하겠는데

다시는 당신에게 한 맹세를 절대로 깨지 않겠소.

앤토니오 저는 이 친구를 돕기 위해 제 몸을 빌려준 적이 있습니다.

그런 제 몸은 부인 남편의 반지를 가져간 그 사람이 아니었더라면

아주 없어지고 말았을 것입니다. 감히 저는 한 번 더

제 영혼을 담보로 부인의 주인 양반이 다시는 결코 고의로

---

* '펜(pen)'은 여기서 'penis'의 뜻도 아울러 지닌다.

사랑의 맹세를 깨는 일이 없을 것임을 보증합니다.

포오셔 그러면 선생님께서 저이의 보증인이 되어주세요. 이것을
저이에게 주시고 저번 것보다 더 소중히 간직하라 일러주세요.

앤토니오 이걸 받게, 바싸니오. 이 반지를 간직하겠다고 맹세하게.

바싸니오 맹세코, 이건 내가 그 박사에게 주었던 바로 그 반지야!

포오셔 제가 그에게서 받은 것이에요. 용서하세요, 바싸니오.
이 반지로 인해서 그 박사와 동침했어요.

니리서 그리고 저도 용서해주세요.
여보, 이것을 받은 대가로 그 박사의 서기인 자그마한
그 소년과 간밤에 동침했어요.

그라쉬아노 아니, 이건 상태가 좋은 신작로를 여름에
뜯어고치는 격인데. 참, 잘못한 것도 없이
우린 오쟁이 졌단 말인가!

포오셔 그런 추잡한 언사는 삼가세요. 모두들 얼떨떨하실 거예요.
여기 편지가 있으니 시간 나시는 대로 읽어보세요.
파두아에 계신 벨라리오 씨가 보낸 편지예요.
읽어보시면 포오셔가 바로 그 박사이고
니리서가 그의 서기였음을 아실 거예요. 여기 계신 로렌조가
증인이에요. 우리들은 당신들과 거의 같이 떠났다가
지금 막 돌아왔어요. 아직 집 안에는 들어가보지도 않았어요.
앤토니오 씨, 환영합니다.
그리고 저는 당신이 생각도 못하실 좋은 소식을
갖고 왔어요. 이 편지를 속히 개봉해보세요.

당신의 상선 세 척이 예기치 않게도

상품을 만재하고 귀항하였다는 내용이에요.

어떠한 기연(奇緣)으로 제가 이 편지를 입수했는지는

알려드리지 않겠어요.

앤토니오   아연할 따름입니다!

바싸니오   당신이 판사였는데 내가 그것을 몰랐단 말이오?

그라쉬아노   당신이 나를 오쟁이 지게 만든 그 서기였더란 말이오?

니리서   네, 하지만 그 서기는 어른이 된 다음이면 모를까

그 짓을 할 의도는 결코 없었어요.

바싸니오   아리따운 박사님, 저의 동침자로 삼겠습니다.

제가 집에 없을 때에는 제 아내와 동침하십시오.

앤토니오   아리따운 마나님, 당신은 저에게 생명과 재산을 주셨습니다.

여기에 제 배들이 정박항에 안착했다고

분명히 쓰여 있습니다.

포오셔   그리고 로렌조 씨,

나의 서기는 당신에게도 좋은 소식을 가지고 왔어요.

니리서   그래요. 수수료를 받지 않고 드리겠어요.

자, 받으셔요. 당신과 제시커에게 드리는 거예요.

받으셔요. 부자 유대인이 사망한 후에 그로부터

그의 소유물 일체를 양도받는다는 특별 증여증서예요.

로렌조   훌륭하신 부인들, 당신들께서는 굶주린

사람들에게 만나를 내리셨습니다.

포오셔   날이 샌 것 같아요.

그런데도 아직 여러분들은 이상 여러 가지 일들이 충분히

이해되지 않으실 거예요. 자, 안으로 들어가서

우리를 심문하세요. 무엇이든지 성실하게 대답하겠어요.

그라쉬아노 그렇게 하십시다. 나의 니리서가 맹세한 후

대답해야 할 첫번째의 심문은 내일 밤까지 기다리겠느냐

아니면 아직도 날이 새려면 두 시간은 있어야 하니

지금 당장 잠자리에 들겠느냐 하는 것이오.

그렇지만 날이 새더라도 컴컴하고 어둡다면 좋겠습니다.

그 박사의 서기와 함께 잘 수 있도록 말입니다.

그런데 앞으로 평생 살아가는 동안

어떻게 하면 니리서의 반지를 안전하게 간수할까

하는 염려만큼 큰 염려는 또 없을 것 같습니다.   (모두 퇴장)

　정도의 차이는 있겠지만 문학작품을 완벽하게 번역하는 것은 지극히 어렵다. 특히 셰익스피어의 작품을 원문 그대로 우리말로 담아내는 것은 불가능하다. 개역에 개역을 거듭하면서 조금씩 원문에 가깝게 다가갈 수는 있다. 수많은 역자들이 끊임없이 개역을 시도하는 이유도 이 때문일 것이다.

　종종 셰익스피어 역자를 '반역자'라 일컫는데, 이는 무엇보다도 셰익스피어 작품 번역의 어려움을 입증하는 표현이다. 그의 극작품들을 우리말로 번역하기 어려운 이유 중 가장 큰 네 가지를 들어본다.

　첫째, 셰익스피어 극의 대사들은 대부분 무운시(blank verse), 즉 약강(iambus)의 두 음절 다섯 개가 한 행을 이루는 이른바 약강5보격(iambic pentameter)의 시행으로 되어 있다. 『베니스의 상인』의 1막

1장의 첫 행을 대표적으로 살펴보면, "Ĭn soʹoth ǀ Ĭ knʹow ǀ nŏt why ǀ Ĭ aʹm ǀ sŏ sádʹ"로 약강5보격이 이루어지고 있음을 알 수 있다. 운(韻)이 없는 것은 다행한 일이나 약강의 어세가 거의 없는 우리말로 무운시의 약강5보격을 표현하기란 불가능하다.

둘째, 셰익스피어의 극 대사에는 우리의 문화적 배경으로써는 정확히 이해할 수 없는 수많은 은유, 인유, 함축 등의 수사가 들어 있다. 수 세기에 걸친 역대 셰익스피어 주석자들의 노고로 이해의 폭이 확장되었으나 이를 제대로 번역해내는 데는 한계가 있을 수밖에 없어 어려움이 완전히 해소되지 못한 상태이다.

셋째, 셰익스피어는 양의어(兩義語), 다의어(多義語)는 물론 철자가 다른 동음이의어(同音異義語)를 활용한 다양한 언어유희를 구사한다. 하지만 이를 표현할 우리말이 없는 경우가 대부분이라 번역 시에 본래 뜻의 일부분만을 전할 수 있을 뿐이다. 그렇기에 주된 뜻을 역어로 삼고 부차적 혹은 대안의 의미는 주석을 통해 제시하거나 설명하는 방법을 사용하고는 있으나, 이 방법을 사용할 수 없는 무대공연에서는 이 어려움은 해소되기 어렵다.

넷째, 관객의 웃음을 자아내기 위해 단어를 우스꽝스럽게 잘못 쓰는 수법(malapropism)의 경우다. 하인이나 어릿광대 등 무식한 등장인물이 유식한 척 문자를 쓸 때 종종 활용된다. 예를 들면, 배움이 없는 어릿광대 란슬럿트는 2막 5장에서 옛 주인인 샤일록에게 "...my young master doth expect your reproach(저의 젊은 주인 양반께서 선생님의 질책을 기다리고 있습니다요)"라고 말한다. 쉬운 표현인 ʹcomingʹ 대신 유식한 척하려다가 ʹreproachʹ라는 엉뚱한 단어를 쓴 것이다. 원어민들은 철자와 문맥으로 'reproach'가 'approach'의 잘못임을 금방 알아차리고 란슬릿트의 유식한 척하는 허풍에 웃음을 터뜨리게 되지만, 우리말 번역에서는 이를 반영하기가 어렵다. 번역판에서는 주석으로써 이 문제를 해결할 수 있으나 무대공연 시에는 주석을 달 수 없어서 난관에 봉착하게 된다. '질책'이라고 하면 관객은 뜻을 몰라 어리둥절해할 것이고, '온다'는 뜻으로 고쳐서 말하면 원문의 해학을 맛볼 수 없게 되기 때문이다.

본 번역서의 원서로는 존 R. 브라운(John R. Brown)이 편집한 아든 셰익스피어(The Arden Shakespeare) 총서 중 1955년 개정된 『베니스의 상인』을 사용했으나 피터 알렉산더(Peter Alexander)가 1951년 편집한 셰익스피어 전집의 본문도 참고했음을 밝혀둔다. 구두점은 우리말의 어문규정을 따랐고, 고유명사는 영어 발음에 따라 표기하는 것을 원칙으로 삼았다.

끝으로 출판을 맡아준 문학동네 및 실무를 담당하여 애써준 모든 분들에게 깊은 감사를 표한다.

『베니스의 상인』에 관하여

1. 본문

　『베니스의 상인』에 대한 최초의 판권 등록은 1598년 7월 22일 제임스 로버츠(James Roberts)의 이름으로 등재되었다. 당시에는 판권 등록이 이루어지면 바로 출판되는 것이 일반적이었으나, 이 작품은 그렇지 못했다. 판권 등록란에 당시 셰익스피어가 속해 있었던 극단의 주인인 체임벌린 경(Lord Chamberlain)의 사전허가가 없이는 어느 누구도 이 작품을 활자화할 수 없다는 조건*이 붙어 있었기 때문이다. 아마도 극단은 이례적인 조건부 판권 등록으로 이 작품의 해적출판을 미연에 방지하려 했던 것 같다.

　이후 1600년 10월 28일, 출판인 토머스 헤이즈(Thomas Hayes)가

---

* 첫번째 판권 등록 원문: 'Ent. J. Roberts (subject to licence from the Lord Chamberlain): a booke of the Merchaunt of Venyce, or otherwise called the Jewe of Venyce'

이 작품에 대한 판권을 양도받아 두번째 판권 등록*을 하게 된다. 그리고 사절판(Quarto)으로 출판되어, 이 극의 초판(Q1로 표기함)으로 유통된다. 초판의 출판연도가 1600년으로 표기된 것을 보아, 판권 등록 직후 출판이 이루어진 것으로 보인다.

표지에는 제목인 '베니스의 상인의 가장 뛰어난 이야기'를 3행으로 나누어 배열**하고, 그 밑으로 이 극의 줄거리를 다음과 같이 적었다. '베니스의 상인의 살 1파운드를 잘라내겠다는 유대인 샤일록의 극단적 잔인성과 세 상자를 두고 하나를 선택해 포오셔를 얻는 이야기가 포함됨'. 그리고 이어진 출판사항란은 '윌리엄 셰익스피어 작이며, 런던에서 J. R.(James Roberts)를 인쇄인으로 해서 토머스 헤이즈가 1600년에 출판하여 성 바울 성당 구내에 있는 그린 드래곤이라는 간판이 붙은 곳에서 판매함'으로 되어 있다. 본문의 첫 페이지 상단에 2행으로 식자된 서두제목(head title)과 그다음 페이지부터 좌우 페이지의 양 상단 중앙에 나뉘어 식자된 소제목(running title)은 각각 '베니스 상인의 희극적 이야기(The comicall History of the Mer-/*chant of Venyce*)'와 '베니스 상인의 희극적 이야기(*The comicall Historie of/ the Merchant of Venice*)'로 되어 있다.

1619년에 윌리엄 재거드(William Jaggard)가 로버츠의 인쇄소를 인수하고, 그해 이 작품의 제2판(Q2)을 인쇄, 출판했다. 그러나 재거

---

* 두번째 판권 등록 원문: 'Tr. (J.) Robertes to T. Haies: a booke called the booke of the The Merchant of Venyce'

** 'The most excellent | Historie of the Merchant | of Venice' 이렇게 3행으로 배열되었다. 당시에는 철자법이 통일되지 않은 탓에 book/booke, merchant/merchaunt, Venice/Venyce, history/historie 등 동일한 단어가 다르게 철자되는 일이 흔했다.

드는 표지에 기록하는 인쇄인의 이름을 자신이 아닌 초판의 인쇄인인 제임스 로버츠로 표시했으며, 출판연도 또한 1619년이 아니라 1600년으로 표기했다. 이는 해적출판으로 나온 Q2를 Q1로 꾸미기 위한 것으로 보인다. 재거드의 출판이 이 작품의 판권소유자인 토머스 헤이즈가 1603년 사망한 것을 기화로 불법으로 자행된 것이 분명하기 때문이다. 부친에게 판권을 물려받은 로렌스 헤이즈(Laurence Hayes)는 판권 등록 당국의 승인을 얻어 이미 1619년 7월 8일에 판권 등록을 갱신했었던 것이다. 로렌스 헤이즈는 1614년에야 비로소 책을 출판할 자격이 있는 서적조합(Stationers' Company)의 정식 회원이 되었고, 1637년에 이 작품의 판권을 행사함으로써 제3판(Q3)이 나오게 되었다.

1623년에 이절판(Folio)으로 나온 셰익스피어의 첫 극전집(F1로 표기함)에 수록된 이 극의 본문은 연구 결과, Q1의 한 권을 인쇄원고로 삼아 인쇄된 것임이 밝혀졌다. 다만 일부 무대지시문이 추가되고 '스코틀랜드의 귀족(Scottish Lord, 1. 2. 74)'이 '다른 귀족(other Lord)'으로 바뀐 것을 보면, F1의 본문은 당시 사용된 무대본과의 대조를 거친 것으로 보인다.

오늘날, 본문에 대해 권위 있는 판으로 꼽히는 것으로는, 아든 셰익스피어 총서 중에서 존 R. 브라운(John R. Brown)이 편집한 『베니스의 상인』과 피터 알렉산더(Peter Alexander)가 1951년 편집 출판한 『셰익스피어 전집』과 G. B. 에번스(G. B. Evans)가 1974년(1977년 재판) 편집한 『리버사이드 셰익스피어』 등을 꼽을 수 있다.

2. 저작연대

이 극의 저작연대를 두고, 여러 의견이 존재한다. 여기서는 크게 1598년 9월 이전임을 뒷받침하는 작품 외적 증거들과 1594년 6월 이후라 추정해볼 수 있는 작품 내적 증거들을 살펴보기로 한다.

이 극에 대한 최초의 언급은 프랜시스 미어즈(Francis Meres)가 1598년 9월 7일 이전에 탈고하여 출판한 『지혜의 보고*Palladis Tamia: Wit's Treasury*』에서 찾을 수 있다. 이 책에서 미어즈는 고대 로마 작가들 중 희극과 비극에서 최고의 작가로 플라우투스와 세네카를 꼽듯 영국에서는 단연코 셰익스피어가 희극과 비극 모두에서 가장 뛰어난 작가라 평했다. 이와 더불어 그때까지 나온 셰익스피어 작품들을 희극과 비극으로 나누어 열거했다. 『베니스의 상인』은 희극 부문에서 『베로나의 두 신사』『실수 연발』『사랑의 헛수고』『한여름 밤의 꿈』 등에 이어 맨 마지막으로 언급되었다. 이러한 열거 순서가 이 작품이 가장 나중에 지어진 것임을 함축적으로 보여준다. 이 기록을 토대로 한다면 저작연대를 1598년 9월 이전으로 추정해볼 수 있다.

작품 속에서 찾을 수 있는 내적 증거로는 우선, 4막 1장에 나오는 'wolf(이리)'를 들 수 있다. 그라쉬아노의 대사로 그 내용은 다음과 같다. '개의 것과 같은 그대의 넋은 본시 이리 속에 있었던 것인데,/ 사람을 죽인 죄로 그 이리가 교수형을 당할 때 그놈의/사나운 넋이 교수대에서 도망쳐서/그대가 아직 불결한 어미의 뱃속에 누워 있을 때/그대의 몸속으로 기어든 것이오.'

인간을 해쳐 교수형을 당한 이리를 운운한 표현은, 1594년 2월 엘리자베스 여왕을 독살하려 한 대역죄로 재판을 받고 그해 6월 7일 교수형을 당한 포르투갈계 유대인 로더리고 로페즈(Roderigo Lopez)의 처형을 염두에 둔 것이라는 설이 있다. 로페즈는 기독교인을 자처하면서 처음에는 레스터 백작(Earl of Leicester), 그다음에는 엘리자베스 여왕의 주치의로 있었다.

시드니 리(Sidney Lee), H. 퍼니스(H. Furness), D. J. 윌슨(D. J. Wilson) 등 여러 학자들이 샤일록을 로페즈와 연결시켜 분석하였다. 윌슨은 'wolf'가 Lopez와 발음이 비슷한 라틴어 'lupus(이리)'를 영역한 셰익스피어의 언어유희라고 주장하면서, 유대인 로페즈를 빗대어 베니스의 유대인 샤일록을 비난하는 말이라 풀이했다. 그는 당시 로페즈가 'Doctor Lopus'로 널리 알려졌고, 'Lopus'는 쉽게 'Lupus'로 될 수 있기에 '어쨌거나 문제의 대목으로 봤을 때 1594년 여름에 작성된 것이라는 데는 크게 의심할 수는 없다'고 주장했다.*

내적 증거와 관련하여 한 가지 첨가할 것은 18세기 후반의 셰익스피어 학자인 에드먼드 멜로운(Edmond Malone)이 처음 제기한 해석이다. 3막 2장에서 포오셔의 대사 중 '그리되면 음악이 무슨 소용이지?/ 그리되면 음악은 충성스러운 신하들이 새로 왕위에 오르신/ 제왕께 절 올릴 때 울리는 화려한 연주와 같은 것이 되는 거야'의 내용이 1594년 2월 27일 프랑스의 샤르트르에서 '충성스러운 신하들'이 운집한 가운데 왕위에 오른 앙리 4세의 대관식을 은유한다는 해석이

---

* D. J. Wilson, *The New Shakespeare: The Merchant of Venice*, Cambridge University Press, 1968, pp. 117~118.

다. 전통적으로 대관식이 열리는 랭스에서 식이 거행되지 못한 것은 반란세력이 그 지역을 점령했기 때문이었다. 그해 영국에서는 앙리 4세의 대관식을 묘사한 책이 출판되었고 여기에 '(앙리 4세가 1594년) 그의 충성스러운 신하들이 운집한 가운데, 함성과 나팔 소리 그리고 예포가 울리는 가운데 샤르트르에서 왕위에 올랐다'는 묘사가 들어 있었다.

아든 판의 편집자인 브라운은 이 작품의 저작연대를 암시하는 가장 만족스러운 증거로 1막 1장의 설리어리오의 대사를 든다. 값진 상품을 만재한 앤드루 호가 모래 속에 좌초하는 상황을 거론한 것으로 이는 1596년 에섹스 백작이 지휘하던 영국 해군이 스페인의 카디스 항에서 값진 상품을 만재한 채 좌초된 동명의 스페인 갈레온 선(船)을 포획한 사건을 두고 한 말이라는 것이다. 브라운은 이 소식이 1596년 7월 30일 여왕에게 보고된 점을 들어, 『베니스의 상인』이 1596년 8월 이후 지어진 것이라 보았다. 이러한 증거들을 토대로 브라운은 이 작품이 1596년 7월 30일과 1598년 7월 22일 사이에 쓰인 것이라 보았다.*

만약 이상에서 언급한 증거들이 옳다면 『베니스의 상인』의 저작연대는 1594년 6월 7일과 1598년 9월 7일 사이쯤으로 추정해볼 수 있다. 학자들은 이외에 1594년에서 1595년 사이 영국에 유대인 배척 바람이 불었다는 점과 이 극에서 나타난 문체와 성격묘사가 셰익스피어의 초기 작품들에서보다 한 단계 더 올라선 것이라는 평가를 근거로 저작연대를 1595년에서 1597년 사이, 혹은 1596년일 것이라는 데 대

---

* John R. Brown, *The Merchant of Venice*, The Arden Shakespeare, 1955, pp. xxvi~xxvii.

체로 동의하고 있다.

3. 출전*

셰익스피어는 기존의 이야기들에 자신의 천재성을 더해 독특한 극작품을 만들어냈다. 『베니스의 상인』도 예외가 아니었다. 유대인 대금업자와 그의 고리대금업에 관한 이야기는 셰익스피어 이전에도 다수가 존재했고, 잘 알려진 이야기를 두고 작품을 쓰는 경우 셰익스피어는 기존의 이야기들 대부분을 참고하는 경향이 있었기에 정확한 출전을 꼽기란 어렵다.

다양한 출전들

셰익스피어의 동시대 극작가인 스티븐 고슨(Stephen Gosson)은 1579년, 국가에 별 유익한 일은 못 하면서 사회를 부패시키는 데 한몫하는 작가, 배우, 익살꾼, 악사 들을 비난하는 책자 『욕설의 무리 *The School of Abuse*』를 출판했다. 이 책에서 그는 예외적으로 극장 '불(Bull)'에서 상연된 『유대인*The Jew*』만은 비난받을 데가 없는 극작이라 예찬했다. 이 작품은 세속적인 선택자들의 욕심과 대금업자들의 잔인한 마음씨를 그린 것으로, 모든 점에서 동일한 내용은 아니지

---

* 출전에 관한 자료로는 주로 불러우(George Bullough)가 편집한 『*Narrative and Dramatic Sources of Shakespeare, Vol. I*』, Routledge and Kegan Paul, 1957, pp. 445~462 및 pp. 463~476과 본 번역서의 원서인 아든 판을 참고하였다.

만, 『베니스의 상인』에 나오는 연모하는 여인을 차지하기 위해서 세 상자들 중의 하나를 선택해야 하는 상자 이야기와 유대인이 돈을 빌려주면서 작성한 차용증서 이야기를 포함하고 있었음을 증거하고 있다. 이후 『유대인』은 유실되어 현존하지 않는 작가 미상의 작품이 되었다.

한편, 인간의 살을 벌금으로 하는 차용증서 이야기는 고대의 동서양 모두에 존재했던 것으로 알려져 있다. 고대 인도의 대서사인 「마하바라타*Mahabbharata*」에도 나오고, 유대의 율법인 탈무드에도 모세가 양을 훔치려 한 독수리에게 자신의 가슴을 내주는 이야기가 있다. 그리고 기원전 451년에 공포된 로마법의 근본 격인 12동표(銅表)에도 채무이행을 못할 경우 채권자들이 최후수단으로 채무자의 육신을 차지해 처리할 수 있도록 규정하고 있다. 이외에도 12세기에 쓰인 요한네스 드 알타 실바(Johannes de Alta Sylva)의 『왕과 7인의 현자들 *The King and the Seven Sages*』, 1390년에 나온 존 가워(John Gower)의 『아만티스의 고백*Confessio Amantis*』 등에도 들어 있다.

또 13세기 말엽의 것으로 보이는 라틴어로 쓰인 로마인들과 여러 다른 나라 사람들의 허구적 행적들을 한데 묶은 이야기인 『로마 무훈시*Gesta Romanorum*』와 이를 리처드 로빈슨(Richard Robinson)이 번역한 1577년 영역판의 「66번째 이야기」에도 상인이 채무를 이행하지 못하여 살을 바쳐야 하는 차용증서를 소재로 낭만적인 사랑이 얽히는 이야기가 나온다. 그리고 이 이야기에는 차용증서 외에도 사랑을 증명하기 위한 세 번의 시험과 신부의 변장, 살과 피의 문제 등 셰익스피어의 주제들과 상통하는 대목이 들어 있다. 로빈슨의 이 영역

발췌본은 『베니스의 상인』이 저작되기 1년 전쯤인 1595년에도 재출간 됨으로써 셰익스피어가 이를 참조했을 가능성을 높여준다. 왜냐하면 여기에는 셰익스피어의 상자 이야기와 매우 흡사한 금, 은, 동으로 각 각 만들어진 문제의 세 상자(셰익스피어는 상자를 'casket'으로 표현 한 반면에 로빈슨의 번역본에서는 'vessel'로 표현함)에 새겨진 각각 의 짤막한 글귀들이 셰익스피어의 것들과 닮았기 때문이다. 양자의 상응하는 대목을 옮기면 다음과 같다.

> 첫번째 황금 상자의 글귀가 로빈슨의 「66번째 이야기」에서는,
>
> Who so chooseth me shall finde that he deserueth.
>
> (나를 선택하는 자는 그가 차지하기에 합당한 것을 찾게 되리라.)
>
> 셰익스피어의 『베니스의 상인』에서는,
>
> Who chooseth me, shall gain what many men desire.
>
> (나를 선택하는 자는 많은 남자들이 열망하는 바를 얻으리라.)
>
> 두번째 은 상자의 글귀가 로빈슨의 「66번째 이야기」에서는,
>
> Who so chooseth me shall finde that his nature desireth.
>
> (나를 선택하는 자는 그의 본성이 바라는 것을 찾게 되리라.)
>
> 셰익스피어의 『베니스의 상인』에서는,
>
> Who chooseth me, shall get as much as he deserves.
>
> (나를 선택하는 자는 그가 얻기에 합당한 만큼의 것을 얻으리라.)
>
> 세번째 동 상자의 글귀가 로빈슨의 「66번째 이야기」에서는,
>
> Who so chooseth me shall finde that God hath disposed.
>
> (나를 선택하는 자는 하느님이 마련해준 것을 찾게 되리라.)

셰익스피어의 『베니스의 상인』에서는,

Who chooseth me, must give and hazard all he hath.

(나를 선택하는 자는 모든 것을 내놓고 모험해야 하느니라.)

물론 세부적으로는 다소 차이가 있으나 이 두 글귀의 내용은 전반적으로 유사하며, 이들 글귀가 새겨진 세 상자 혹은 그릇 중에서 하나를 고르는 방식은 일치한다.

『베니스의 상인』과 가장 유사한 작품 『얼간이』

1378년경, 피렌체 사람인 세르 조반니(Ser Giovanni Fiorentino)는 동시대 작가였던 보카치오의 『데카메론』을 본떠 이탈리아어로 된 산문 이야기 모음집 『얼간이 Il Pecorone』를 썼다. 여기에 수록된 4일째의 첫 이야기가 위에 열거한 그 어느 이야기보다도 셰익스피어의 『베니스의 상인』에 가장 가까운 줄거리를 담고 있다. 그 이야기는 다음과 같다.

피렌체의 스칼리(Scali) 집안에는 빈도(Bindo)라는 부상(富商)이 있었다. 그는 세 아들을 두었는데 첫째와 둘째에게만 전 재산을 물려주겠다고 유언을 한다. 이를 알게 된 막내 지아네토(Giannetto)가 부친의 병상으로 달려가 섭섭함을 토로하자 아버지는 그에게 편지 한 통을 내주면서, 안살도(Ansaldo)라는 베니스 제일의 기독교인 갑부이며 지아네토의 대부(代父)를 찾아가 전달하면 부자가 될 것이라고 말해준다.

부친을 잃은 지아네토는 안살도를 찾아간다. 편지를 읽은 안살도는 지아네토가 그가 가장 사랑하는 친구 빈도의 아들이며 자신의 대자(代子)임을 확인하고, 그를 반가이 맞아들인다. 안살도의 후원으로 지아네토는 베니스의 사교계에서 존경과 인기와 호평을 받게 되고, 모든 숙녀들의 호감을 독차지하게 된다.

지아네토는 친구들을 따라 대부가 마련해준 배에 많은 물품을 싣고 세상 구경을 떠난다. 며칠을 항해해 많은 남자들을 유혹한 후에 거지 신세로 만드는 요부가 통치하고 있다는 '벨몬트 부인의 항구'에 닿게 되었다. 지아네토는 선장에게서 어느 남자든 벨몬트 부인과 하룻밤을 보내게 되면 그녀를 아내로 맞아 그 나라의 주인이 되지만 실패하면 전 재산을 잃게 된다는 말을 듣게 된다.

그는 친구들에게도 알리지 않고 홀로 기항하여 그 여인을 만난다. 침실로 인도된 그는 약을 탄 술을 받아 마시고는 깊은 잠에 빠져, 결국 전 재산을 빼앗기고 빈털터리로 돌아오게 된다. 하지만 그가 살아서 돌아온 것만도 기쁜 대부는 잔치까지 베풀며 그를 격려한다. 지아네토는 그 여인을 기필코 아내로 삼겠다고 다짐하고 대부의 지원을 받아 다시 항구를 찾지만 지난번 실패를 그대로 되풀이한다.

대부는 재산을 거의 다 잃은 상황에서도 결의에 찬 지아네토를 위해서 남은 재산 모두와 그 외에 필요한 현금 1만 다가트를 어느 유대인에게 가서 조건부로 빌려서 건네준다. 그 조건은 그다음 해의 성 요한 축제일까지 빌린 돈을 갚지 못할 경우 채권자 유대인은 채무자 안살도의 신체 어느 부위에서든 살 1파운드를 취할 수 있다는 것이었다.

드디어 지아네토는 벨몬트 여인의 항구에 닻을 내렸다. 그곳 사람들은 세 번이나 값진 물품을 싣고 온 그가 자신들의 주인이 되기를 바랐다. 밤이 되어 전처럼 침실로 들어가려는데, 한 시녀가 다가와 귀띔해주었다. 이전처럼 벨몬트의 여인은 술을 권했고, 지아네토는 잔을 받아 마시는 척하면서 술을 쏟아버리는 기지를 발휘해 마침내 여인과 혼인의 연을 맺는다. 다음 날 아침 벨몬트에서는 새로운 주인을 맞는 성대한 축하연이 열렸다. 지아네토는 신고 온 값진 물건들을 나누어주고, 선정을 베푸는 통치자로 명성을 날리게 된다. 그러는 사이, 그를 위해 유대인에게 차용증서를 써준 안살도를 까맣게 잊고 만다.

시간이 흘러 성 요한 축제일이 되어서야 정신을 차린 그는 차용증서의 내용을 기억해내고는 크게 탄식한다. 부인이 집요하게 그 까닭을 묻자 지아네토는 오늘이 만기일인 1만 다가트 차용증서로 인해 자신의 대부가 죽게 되었다는 이야기를 털어놓는다. 부인은 10만 다가트를 내주며 지아네토를 곧장 베니스로 보낸다.

한편, 안살도는 체포되고, 베니스 시민들은 이 소식에 슬퍼하며 공동으로 모금 운동을 펼치나 유대인은 기독교인 제일의 부상을 없앨 수 있는 기회를 놓치지 않으려 한다.

지아네토가 베니스로 떠나자 그의 부인은 변호사로 변장하고 두 하인과 함께 그를 뒤따른다. 베니스에 당도한 지아네토는 유대인에게 10만 다가트를 제안했지만 유대인은 차용증서대로 집행하길 고집했다. 결국 지아네토는 변호사로 변장한 아내와 함께 법정으로 향한다.

그의 아내는 유대인에게 "자, 그러면 당신이 원하는 부위에서 저 사람의 살 1파운드를 취하시오"라 판결한다. 유대인은 안살도의 옷을 벗기고, 준비한 면도날을 집어든다. 유대인이 채무자에게 다가가자 변호사는 그에게 차용증서의 내용을 토대로, 만약 1파운드 그 이상이나 그 이하를 취하거나 단 한 방울의 피라도 흘리게 한다면 사형에 처하겠다면서, 도끼를 든 사형집행인을 배석시킨다.

이에 겁을 먹은 유대인은 10만 다가트를 준다면 계약을 무효로 하겠다고 하자, 변호사는 유대인이 원하는 대로 해주자는 지아네토의 말을 일축하고 차용증서대로 집행하든지 아니면 차용증서가 무효임을 선언하겠다고 말한다. 법정에 있던 사람들이 기뻐하며, 남을 잡으려고 놓은 덫에 자기 자신이 걸려들었다며 유대인을 조롱한다.

이후의 이야기는 『베니스의 상인』에서 법학박사로 변장한 포오셔가 사례금 대신 바싸니오에게 사랑을 맹세한 증표인 반지를 요구하고, 이 사건으로 서로의 사랑을 더욱 공고히 하게 되는 희극적 결말과 동일하게 끝난다.

이상에서 보듯이 셰익스피어는 세르 조반니의 이야기 중 연모하는 여인을 아내로 삼는 방법과 여인을 얻기에 필요한 자금을 대주는 사람이 친구가 아닌 대부로 설정된 것을 제외하고, 거의 대부분을 끌어온 것으로 보인다. 단, 셰익스피어 시대에는 세르 조반니의 이야기 모음집의 영역판이 없었기 때문에 오늘날 학자들은 셰익스피어가 이탈리아어에 능통하여 직접 읽었는지, 아니면 지금은 유실된 『유대인』이 이러한 줄거리를 갖고 있어서 이를 참고했는지에 대해서는 입증할 방도가 없다.

이 밖에도 살 1파운드 이야기는 1590년 이전에 쓰인 것으로 추정되는 「유대인 게르누투스의 잔인성에 관한 민담*The Ballad of the Crueltie of Gernutus*」과 앤서니 먼데이(Anthony Munday)가 실뱅

(Sylvain)의 『비극 이야기들 *Les Histoires Tragiques*』을 번역하여 1596 년에 출판한 『연설 모음집 *The Orator*』에서도 살펴볼 수 있다. 이 책에 수록된 「Declamation No. 95」는 '빚 대신 기독교인의 살 1파운드를 갖겠다는 유대인에 관하여'라는 제목을 지니고 있다. 어쨌든 고슨이 시사한 대로 극작품 『유대인』에는 셰익스피어가 『베니스의 상인』에서 결합시킨 상자를 선택하는 이야기와 살 1파운드 이야기가 들어 있었을 가능성이 커 보인다.

아마도 셰익스피어는 동시대 극작가였던 앤서니 먼데이의 1580년 작품인 『젤로토 혹은 명성의 샘 *Zelauto or The Fountaine of Fame*』과 1590년대 초 상연되었던 크리스토퍼 말로(Christopher Marlowe)의 극작 『몰타의 유대인 *The Jew of Malta*』(1590년경 저작, 1594년 5월 17일에 판권 등록, 1633년 초판 간행)을 통해서 차용증서 이야기와 고리대금업자의 딸 이야기를 숙지하고 있었을 것이다. 유대인 샤일록이 자신의 외동딸 제시커를 연인에게서 떼어놓으려 노심초사하는 것은 말로의 극에 등장하는 마키아벨리적 성격의 몰타 유대인 바라버스와 그의 외동딸 아비게일 이야기의 영향을 받았음이 분명해 보인다. 학자들은 '샤일록-제시커-로렌조' 관계로 이루어진 플롯이 '바라버스-아비게일-마티어스'의 플롯을 참고한 것이라는 데 동의한다.

거듭 말하지만 셰익스피어는 자신의 습관대로 위에 열거된 출전들을 대부분 참고했을 가능성이 크다. 유대인의 딸이 기독교인이 되는 말로의 설정이 셰익스피어가 제시커를 설정하는 데 영향을 준 것이 분명해 보이지만, 제시커가 연인 로렌조와 사랑의 도피를 하기 위해서 남장을 하는 것은 셰익스피어의 독창적인 설정이다. 앤토니오와 바싸니오의 돈독한 우의 또한 셰익스피어의 독창성을 엿볼 수 있는 부분이다. 비록 극 줄거리를 옛 이야기들에서 빌려왔지만, 이것들을 재구성하여 살을 붙이고, 인물의 성격들을 창조해내는 데 천재성을 발휘한 것은 주지의 사실이다.

4. 작품내용

이 극의 주인공

셰익스피어는 『베니스의 상인』에서 오래전부터 내려오는 두 이야기, 즉 빚을 제때에 갚지 못할 경우 채권자는 채무자의 살 1파운드를 그가 원하는 부위에서 취한다는 차용증서 이야기와 올바른 상자를 골라 사랑하는 연인을 얻는 상자 이야기를 독창적으로 구성하여 오늘날까지도 인기를 누리는 희극을 엮어냈다.

그렇다면 과연 이 극의 주인공은 누구인가? 『햄릿』『줄리어스 시저』『리어 왕』 등에서도 알 수 있듯이 셰익스피어는 종종 주인공의 이름을 극의 제목으로 삼았다. 하지만 『베니스의 상인』에서 상인은 앤토니오를 지칭하는데, 과연 그를 이 극의 주인공이라고 할 수 있을지 여부가 우선 제기될 수 있다. 앤토니오의 주된 역할은 절친한 친구 바싸니오가 연모하는 여인을 아내로 맞는 데 필요한 자금을 유대인에게 차용증을 써주고 조달하는 일이다. 앤토니오가 주인공이 되려면 적어도 그가 바싸니오 대신 포오셔의 연인 역까지 아울러 할 때 성립될 수 있을 것이다. 이 극의 주인공이 앤토니오가 아니라면 바싸니오는 어떨까? 바싸니오가 사랑 이야기의 남자주인공으로서 이 극의 두 가지 큰 줄거리인 차용증서 이야기와 상자 고르기 이야기를 연결해주고 있으나 이는 어디까지나 연결고리일 뿐 이 극 전체의 주인공이 되기에는 좀 부족하다는 느낌이 든다.

그렇다면 셰익스피어는 여성인 포오셔를 극의 주인공으로 삼은 것일까? 포오셔는 바싸니오와 함께 사랑 이야기의 여주인공이며 상자 고르기 이야기와 살 1파운드 차용증서 이야기 모두에서 중요한 역을 하는 인물로 극 전체의 주인공으로 볼 수도 있다. 그러나 과연 셰익스피어가 실제로 그녀를 극 전체의 주인공으로 삼았을까 하는 질문에 선뜻 답하기는 역시 어렵다. 왜냐하면 『로미오와 줄리엣』『트로일로스와 크레시다』『앤토니와 클레오파트라』등 남녀의 사랑을 극의 주제로 삼은 작품에서 나타나듯 남자주인공과 동등한 위치로 여자주인공을 위치해놓았으나, 이 작품에서 포오셔는 제목 어디에서도 찾아볼 수 없기 때문이다. 오필리어, 데즈데모나, 맥베스 부인 등이 극에서 꽤 중요한 역을 담당하지만 어디까지나 주인공을 보조하면서 극의 진행이나 분위기 조성에 이바지하는 역에 머물듯이 포오셔 역시 그와 비슷한 역에 머물고 있기 때문이다.

『베니스의 상인』 초판의 판권 등록란에 적힌 제목은 '베니스의 상인 혹은 베니스의 유대인이라 불리는 각본'이었다. 이는 이 극이 『베니스의 상인』으로 불릴 수도 있고, 『베니스의 유대인』으로도 불릴 수 있음을 뜻한다. 즉 앤토니오라는 기독교인 부상(富商)을 주인공으로 내세운 『베니스의 상인』을 제목으로 삼을 수도 있고, 고리대금업자인 유대인 샤일록을 주인공으로 내세운 『베니스의 유대인』을 극 제목으로 삼아도 좋다는 것이다. 하지만 앞서 앤토니오가 이 극의 명실상부한 주인공이 되기에는 부족한 까닭을 살펴보았다. 따라서 이 대안적 제목은 샤일록을 이 극의 주인공으로 상정해볼 수 있는 여지를 주고 있다. 아마도 셰익스피어는 앞서 언급한 바 있는 현존하지 않는 작자 미상의 극인『유대인』과 그의 동갑내기 극작가 말로의 작품『몰타의 유대인』이 유대인을 주인공으로 설정한 것을 참고한 결과일 것이다.

기독교인과 유대인

『베니스의 상인』은 유대인 샤일록이 지나친 복수욕, 무자비한 잔인성, 몰인정, 돈에 대한 과욕과 강박관념으로 인해 몰락하는 모습을 보여준다. 그는 딸이 도피한 사실을 알았을 때 혈육의 배반에 큰 비애를 느끼지만 딸을 잃은 것보다는 그녀가 훔쳐간 2천 다가트의 다이아몬드와 여타 보석을 더 애통해한다. 그는 친구 튜벌에게 "내 딸년이 내 발 밑에 죽어 넘어져 있어도 보석들을 귀에 걸고만 있다면" 더 바랄 것이 없다고 말할 정도다. 하지만 이 같은 그의 모진 성미가 천성이라기보다는 환경의 산물임을 알 수 있다. 그가 베니스 사회의 구성원으로서 대접받기는커녕 유대인이라는 이유로 기독교인들로부터 온갖 멸시와 천대, 차별과 욕지거리 등을 받으면서 반사회적 성격이 키워진 것이다. 다시 말하면, 기독교인들로부터 받은 천대와 그로 인한 설움이 그를 그렇게 만들었다고 해도 과언이 아니다.

샤일록은 자신의 대금업을 조롱하며 방해를 일삼았던 앤토니오에 대한 원한이 골수에 사무쳐 복수심에 불타고 있다. 이에 대한 단적인 예가 1막 3장에서 이 두 사람이 나누는 대화 속에 녹아 있다. 샤일록이 성경말씀('창세기' 30장 31절에서 43절에 기록된 야곱이 외숙 라반의 양을 키우는 힘든 노동에서 이득을 취한 이야기)을 들어 이윤추구 행위를 정당화하자 돈을 빌려달라고 요청해야 할 입장의 앤토니오는 "악마도 제 잇속을 위해서는 성경을 인용할 수 있"다면서 바싸니오에게 "성경을 증거로 내세우는 악한은 얼굴에 미소를 지은 악한과 같다"고 대놓고 샤일록을 비난한다. 이에 샤일록은 앤토니오에게서 받아온 천대에 대한 울분을 터뜨린다.

샤일록은 합법적인 혹은 정당한 대금업으로 생기는 이윤이나 이자를 축복으로 여기지만 앤토니오는 이를 투기로 간주한다. 그러나 따져보면 앤토니오가 무이자로 빌려주는 돈도 그의 상행위, 곧 이윤추구 행위의 소산이다. 고리대금업도 일종의 이윤추구 행위이고 보면 이들의 금전관은 이윤, 곧 돈을 추구한다는 점에서 대동소이한 것이라 할 수 있다. 이렇게 볼 때 앤토니오가 고리대금업자 샤일록을 심한 욕설과 물리적인 행동으로 공박하고 공격하는 것은 폭거요, 위선이 아닐 수 없다.

샤일록은 평상시에 업을 방해하며 온갖 욕설을 자기에게 퍼붓는 앤토니오가 "이자를 수수하는 금전거래를 해본 적이 없지만" 3천 다가트의 돈을 3개월간 빌려달라고 청하자 "이보십시오. 당신께서는 방금 이자를 수수하는 금전거래는 안 하신다고 말씀하셨으면서"라고 고소를 금치 못하겠다는 투로 응수하며 앤토니오와 그의 무리들이 자기를 개라 부르고, 침 뱉고, 발길질한 점을 지적한다. 샤일록에 대한 앤토니오의 언행은 시쳇말로 '인격모독' 죄에 속한다. 따지고 보면 앤토니오는 기독교인이라 자처하면서 '이자를 받으려고 돈을 꾸어주지 아니

하며' 운운한 시편 15편의 성경말씀을 실천하는 것 외에는, 샤일록에 대한 언행은 기독교인답지 않은 것이었다.

마태복음 5장 43절에서 예수는 '너희 원수를 사랑하라'고 했고, 19장 19절에서는 한발 더 나아가 '네 이웃을 네 자신과 같이 사랑하라'고 했으며, 이런 말씀은 22장 39절에서도 되풀이된다. 그리고 마가복음 12장 31절은 '이웃을 자신처럼 사랑하라보다 더 큰 계명은 없다'고까지 강조한 예수의 말씀을 전하고 있다. 어쩌면 셰익스피어는 이 극에서 기독교인들을 위선자들로 그리는 한편 박해받는 유대인, 인정이 뚫고 들어갈 수 없는 강심장의 샤일록을 오히려 연민을 갖고 그렸다고 볼 수 있다. 다수가 소수를 너그럽게 품지 못하고 반목하고 싸우는 것은 양쪽이 동급이요, 동종임을 증명하는 것과 다름없다.

앤토니오가 차용증서에 명시된 날짜에 꾼 돈을 갚을 가망이 희박해진 상황이 알려진 3막 1장에서 샤일록은 자신이 오로지 유대인이라는 이유로 그의 상거래, 그의 민족이 매도당했다면서 "그래, 유대인은 눈도 없소? 유대인은 손도 없고, 오장육부도, 사지도, 감각도, 감정도, 격정도 없소?"라는 수사적 질문을 쏟아내고, 기독교도들과 똑같은 침식을 하며, 생로병사를 겪으며, 더위와 추위를 느끼며, 살이 찔리면 피가 나고, 간지럼도 타는 등 그와 같은 인간임에도 그들에게서 받은 수모와 종교적 박해에 치를 떨며 "부당한 일을 당하고도 우리는 복수하지 말란 말이오?"라고 항의한다. 이에 더해 그는 기독교인들로부터 배운 복수를 운운하면서 설리어리오에게 "당신네들이 가르쳐준 악행을 실천하겠다"고 선언한다. 이것은 샤일록이 기독교인과 유대인의 차이는 모든 면에서 오십보백보라며, 기독교도들의 도덕성이 결단코 우월한 것이 아님을 입증해 보인다. 이를 보여주는 상징적인 대사가 바로 4막 1장의 재판 장면에 담겨 있다. 젊은 법학박사로 변장한 포오셔가 법정에 들어와 가장 먼저 이렇게 묻는다. "어느 쪽이 상인이고, 어느 쪽이 유대인입니까?" 이는 상인인 앤토니오와 고리대금업자인 샤일록이 구분되지 않음을 보여준다. 이처럼 셰익스피어는 유대인 샤일록을 악의 화신으로, 기독교인 앤토니오를 선의 화신으로 극명하게 대립하도록 그리지 않았다. 즉 양자를 흑백논리의 이분법으로 그리지 않았다. 그렇기에 이 극은 기독교인들의 세속성과 위선을 풍자하고 있다는 해석도 가능하다.

또한 대공, 바싸니오, 그라쉬아노 등 거의 모든 기독교인들이 샤일록을 멸시하고 있다. 4막 1장의 재판 장면에서 대공은 샤일록의 "놀라운 잔인성"을 운운하면서 제때에 빚을 갚지 못한 채무자 앤토니오에게 자비와 동정심을 발휘하라 설득하고, 바싸니오는 차용증서대로 집행해줄 것을 요구하는 샤일록을 "자신의 잔인한 주장을 변명하는" "몰인정한 사람"으로 표현하고 있으며, 또 그라쉬아노는 샤일록에게 "오, 당신은 저주받아 지옥에 떨어지는 천벌을 받고도 남을 개가 되시오!"라고 하는가 하면 그의 "넋은 본시 이리 속에 있었던 것"이었으므로 "그대는 이리와 같고, 잔인하고 굶주리고, 갈까마귀 같은 탐욕에 찬 욕심을 지닌 것이오"라고 기독교인답지 않은 악담을 늘어놓는다.

포오셔는 4막 1장에서 재판관 자격으로 오로지 차용증서에 의거한 복수만을 고집하는 샤일록에게 기독교의 최고 덕목이요 가치의 하나인 자비의 본질에 대해 설교하지만('자비의 본질은 강압을 받는 것이 아닙니다./이것은 마치 하늘에서 대지 위로 내리는/고마운 비와 같습니다. 이것은 이중의 축복으로/ 베푸는 자와 받는 자를 동시에 축복해줍니다./ 이것은 가장 위력 있는 것 중에서도 가장 위력이 있습니다'), 역설적이게도 그곳에 모인 기독교인들은 자신들이 설교하는 바를 실천하지 않고 있다. 도덕적으로 우월하다는 인식과 실천이 따르지 않는 말뿐인 설교로는 그 누구도 종교적 박해와 온갖 인격적 모욕을 받아 원한이 골수에 사무친 샤일록의 얼어붙은 마음을 녹일 수 없다.

가는 말이 고와야 오는 말이 곱다. 앤토니오를 비롯해 기독교인들은 유대인 샤일록을 개 취급하면서 같은 인간으로 대접해주지 않는 편협함을 보였다. 몰인정하기는 양쪽이 마찬가지다. 셰익스피어가 유대인이라면 몰인정한 고리대금업자로 정의되던 자신의 시대의 보편화된 유대인상을 도외시할 수는 없었을 것임을 고려해보면, 기독교인들과 유대인에 대한 이와 같은 주장은 가히 진취적이고 획기적이라 할 수 있다.

샤일록은 기독교인들의 박해에 대한 복수의 기회를 잡고 보복의 칼날을 날카롭게 갈다가 완벽하게 작성하지 못한 차용증서로 인해서 복수가 무산될 뿐만 아니라 딸과 재산마저 모두 박탈당하고 목숨만 겨우 부지하는 신세가 된다. 결국 그가 재산까지 몰수당하자, 모든 것을 포기하고 체념에 차서 "아니, 목숨이고 무엇이고 다 빼앗아가십시오. (…) 내 집을 버티고 있는 기둥을 빼앗는 것이 곧 내 집을 빼앗는 것이 되듯이 내 생활 수단을 빼앗는 것은 곧 내 목숨을 빼앗는 것입니다"고 말할 때 그에게 일말의 동정심을 느끼지 않을 수 없게 된다.

복수의 좌절은 샤일록 개인에게는 비극이 아닐 수 없다. 일부 평자들이 이 극을 샤일록을 주인공으로 하는 비극이 될 법한 희극이라고 말하는 까닭도 이 때문이다. 물론 샤일록은 셰익스피어 비극의 주인공들 반열에 오를 만한 인물은 결코 아니다. 포오셔가 내린 판결 역시, 샤일록에게 설교했던 '자비의 본질'적 정신에 비추어볼 때, 너무나 가혹하고 반기독교적이다. 또한 이 판결에 기독교인인 그라쉬아노가 "제2의 다니엘이시다. 다니엘 같은 명판관이셔, 유대인 불신자여. 이제야 당신 허리를 들어 올렸소"라고 외치며, "당신의 재산은 전부 몰수되어 끈을 살 돈도 없을 터이니 국비로 목매 죽지 않을 수 없게 되었소이다"라고 무척이나 기뻐하는 모습은, 기독교인들의 독선과 위선이 반어적으로 그려진 것이라 풀이할 수 있다.

벌레도 밟으면 꿈틀한다는데 종교적, 인종적 편견에 찬 앤토니오에게 박해와 온갖 인격적 모욕과 멸시를 당하고, 무엇보다도 생업을 위협받았던 샤일록이 그에게 원한을 품고, 기회가 왔을 때 복수를 하려는 것은 역지사지의 면에서 지극히 인간적이다. 다시 말하면 샤일록의 복수에는 셰익스피어의 동시대인이며 법관이기도 했던 프랜시스 베이컨(Francis Bacon)이 그의 수필 「복수에 관해서」의 첫 문장(Revenge is a kind of wild justice.)에서 설파했듯이 매끄럽고 문명되지는 못해도 '일종의 거친 정의'가 들어 있다는 느낌이 든다. 그래서 그의 숙원이던 복수가 좌절되고, 설상가상으로 재산까지 몰수되는 판결을 받을 때, 독자들은 그를 동정하게 되는 것이다. 이때 샤일록은 몰인정하고 잔인한 복수심에 불타는 그리고 하인에게는 매우 박정한 유대인이기보다는 연로한 늙은이로 부각된다. 여기에 외동딸까지 그의 돈과 보석을 훔쳐서 기독교인 애인과 도주하는 불효를 저질러 '혈육의 배반'

에, 마침내는 넋을 잃는 아버지상이 겹쳐지게 된다.

이 극은 유대인 샤일록이 잔인성, 몰인정, 돈에 대한 지나친 욕심 등으로 몰락하는 과정을 그리고 있지만, 동시에 기독교인들의 그에 대한 박해 또한 진정한 기독교 정신에 반하는 것임을 보여주고 있다. 오늘날의 시각에서 본다면 소수 민족인 유대인 샤일록에 대한 이들 기독교인들의 언행은 원수도 사랑하라는 기독교의 참 정신에서도 한참 멀어진 것이다. 기독교인들은 샤일록의 딸 제시커가 노부의 돈까지 훔쳐서 기독교인 연인과 도망친 것을 '사랑의 도피'라 찬양하지만 이 또한 효심과 양심이라는 도덕률과도 거리가 있다. 셰익스피어의 개인적인 의도나 심정을 헤아릴 길은 없지만 이 작품은 독선적이고 편협한 기독교인들에 대한 풍자를 담고 있다는 풀이를 부정하기 어렵다.

음악의 상징성 및 베니스와 벨몬트의 대비

극의 마지막을 장식하고 있는 화음과 화목의 상징인 결혼과 은은히 울려 퍼지는 음악은, 기독교인들과 유대인이 반목하고 갈등하는 각박하고 불협화음에 찬 베니스와는 달리, 기쁨과 환희와 화합으로 이루어진 인간의 참다운 이상향 벨몬트를 유감없이 그리고 있다. 이 극의 5막 1장에서 54행에서 98행까지의 45행 속에 '음악'이라는 단어가 무려 열한 번이나 사용되고 있다. 음악이 귀가하는 여주인 포오셔를 맞는다. 로렌조는 제시커에게 아름다운 달빛이 드리운 둑에 앉아서 음악 소리를 들으면 밤의 고요함이 감미로운 화음 하나하나에 더욱 어울리며, 별들은 눈 반짝이는 아기천사들처럼 음악에 맞추어 노래를 부른다고 하면서 이런 화음은 우리의 불멸의 영혼 속에도 들어 있다고 말한다. 로렌조의 음악예찬론은 계속된다. 감미로운 음악의 힘은 망아지들의 사나운 눈길도 부드럽게 변화시키며, 사람이 아무리 목석처럼 우둔하고 광포해도 그의 천성을 변화시키는 위력을 지니고 있다는 것이다. 더 나아가 그는 음악을 체내에 지니지 못했거나 감미로운 화음에 감동되지 않는 자는 반역죄, 음모, 노략질에만 적합한 자이므로 이런 자를 신뢰하면 안 된다며, 음악의 훌륭한 효능을 역설한다.

베니스가 이윤을 추구하는 상업과 고리대금업으로 대변되는 갈등, 반목, 불협화음의 각박한 도시라면 벨몬트는 우의, 사랑과 화평이 넘치는, 낭만과 화음으로 충만한 목가적인 시골이다. 전자가 돈이 돈을 버는 곳이라면 후자에서 돈이란 오로지 훌륭하고 풍요로운 삶을 위한 수단, 곧 음악과 향응과 우의와 사랑을 다지는 데 쓰이는 수단일 뿐이다.

베니스의 샤일록이 증오를 상징한다면 벨몬트의 포오셔는 사랑을 상징한다. 재판정에서는 샤일록이 정의의 심판을 요구했고, 포오셔는 자비를 호소한 바 있다. 정의의 심판을 요구하는 샤일록이 성서 구약의 구법을 상징한다면, 자비를 설파하는 포오셔는 신약의 신법을 상징하고 있다. 샤일록이 돈을 소유하는 것을 생의 목표로 삼고 있다면, 포오셔는 돈을 주변 사람들에게 베푸는 것을 생의 목표로 삼고 있다. 이렇듯 베니스와 벨몬트의 대조와 더불어 샤일록과 포오셔의 대조도 의도된 것이든 아니든 여러 차원과 측면에서 발견된다. 결국 베니스와 벨몬트, 샤일록과 포오셔 대결에서 화음의 벨몬트와 사랑의 전도사 포오셔가 승리함을 극의 마지막 장면은 유감없이 보여주고 있다.

맺는말

『베니스의 상인』은 앞서 언급했듯이 샤일록의 개인적인 비극이 될 법한 이야기를 풀어내면서도 한편으로는 어릿광대 란슬럿트가 단독으로, 혹은 그의 부친과 함께 엮어내는 해학장면들을 지니고 있다. 무엇보다도 이 극은 바싸니오가 상자 고르기에 성공하여 사랑하는 여인인 포오셔를 아내로 맞고, 그의 친구 그라쉬아노가 포오셔의 시녀인 니리서와, 그리고 로렌조가 샤일록의 딸 제시커와 결혼함으로써 환희와 기쁨이 넘치는 장면으로 막이 내리는 셰익스피어 희극의 전형적인 결말을 지니고 있다.

이 극은 주인공을 비롯해서 죽는 인물이 하나도 없으니 비극은 아니다. 그렇다고 해서 순수한 희극도 아니다. 왜냐하면 벼르던 복수가 무산되고, 그처럼 아끼던 재산까지 박탈당하고, 기쁨과 행복을 구가(謳歌)하는 기독교인들처럼 될 수 없는 불행한 샤일록이 존재하기 때문이다. 그렇다고 이것은 『자에는 자로』 『트로일로스와 크레시다』 『끝이 좋으면 모두 좋아』처럼 암담한 희극으로 보기에도 적절치 않다. 이 극은 앤토니오의 입장에서 보면 전 재산을 싣고 항해를 떠난 그의 선박들이 좌초 등 위급한 상황에 처하나 결국에는 무사히 귀환하는 데서 희비극의 면도 지니고 있다. 그러나 이에 못지않게 이 극은 풍자적 희극이나 반어적 희극으로 볼 수 있는 면도 충분히 갖추고 있다.

『베니스의 상인』은 여러 인간상들을 잘 그리고 있다. 또 이 극은 유대인 고리대금업자, 친구 사이의 참된 우정, 자비의 문제 등 당시의 시사적인 화두들을 펼쳐가면서 관객의 관심을 끌고, 흥미를 자극하고 있다. 그런 까닭에 이 극은 당대에는 물론이요 오늘날까지도 셰익스피어의 희극들 중에서도 가장 많은 관객과 독자의 사랑을 받는 희극으로 여전히 남아 있다.

이경식

1552년	부친 존(John) 셰익스피어가 4월 29일자로 읍 문서에 스트래트퍼드 어폰 에이본(Stratford-upon-Avon, 이하 스트래트퍼드)의 헨리 가(Henley Street)에 가옥을 소유했다는 기록이 있음. 그는 불법으로 쓰레기를 쌓아놓은 데 대해 1실링의 벌금형을 받음.
1555 혹은 1556년	장차 부인이 될 앤 해서웨이(Anne Hathaway)가 태어남 (1623년 사망).
1556년	외조부 로버트 아든(Robert Arden) 사망. 11월 24일자로 된 유서에서 외조부는 그의 막내딸이며 존 셰익스피어와 곧 결혼할 메어리(Mary)에게 윌름코트(Wilmcote) 소재의 농지(Asbies)를 유산으로 남김.
1557년	존 셰익스피어와 메어리 아든 결혼.
1558년	존 셰익스피어의 8남매 자녀 중 첫아이이며 첫째 딸인 조운(Joan) 출생(9월 15일 세례, 사망 연대 미상). 존 셰익스피어는 도랑을 깨끗이 유지하지 못한 죄로 4펜스 벌금형을 받음. 11월 17일 메어리(Mary) 여왕이 사망하고 엘리자베스 (Elizabeth) 여왕 1세가 등극.
1561년	조부 리처드(Richard) 셰익스피어 사망. 부친은 스트래트퍼드 읍 징수 계원으로 선출됨, 그다음 해에 재선. 프랜시스 베이컨(Francis Bacon) 출생.
1562년	존 셰익스피어의 둘째 아이이며 차녀인 마거릿 (Margaret) 출생(12월 2일 세례, 1563년 사망, 장례는 4월

30일).

1564년	존 셰익스피어의 세번째 아이이며 장남인 윌리엄 셰익스피어(William Shakespeare, 이하 셰익스피어) 출생(4월 26일 세례).

당시 교적부에는 출생일이 아니라 세례일이 기록되었음. 세례는 보통 출생 후 2,3일 후에 받았는데 4월 23일은 영국의 수호신인 성 조지의 날이기도 해서 셰익스피어의 생일을 전통적으로 4월 23일에 축하하고 있음.

존 셰익스피어는 스트래트퍼드의 재정 의원회 회원으로 올랐으며, 흑사병 희생자들을 위한 구원금도 냄.

1565년   존 셰익스피어는 스트래트퍼드의 읍 법인(Corporation)의 위원(alderman)에 임명됨.

1566년   존 셰익스피어의 넷째 아이이며 차남인 길버트(Gilbert) 출생(10월 13일 세례, 1612년 사망, 2월 3일 장례).

1568년   존 셰익스피어는 9월 4일에 스트래트퍼드 읍의 최고 관직인 수령(High Bailiff)에 선출됨.

여왕 극단(Queen's Players)과 우스터 극단(Worcester's Men)이 스트래트퍼드 방문 공연.

1569년   존 셰익스피어의 다섯째 아이이며 셋째 딸 조운(Joan) 출생(4월 15일 세례, 1646년 사망). 삼녀가 장녀의 이름자를 그대로 세례명으로 받은 것은 장녀가 그 이전에 사망했음을 말해줌.

1571년   존 셰익스피어의 여섯째이며 넷째 딸 앤(Anne) 출생(9월 28일 세례, 1579년 사망, 4월 4일 장례).

이때쯤 존은 읍 법인의 위원장(chief alderman)이 됨. 그리고 이때쯤 셰익스피어는 고향의 문법학교에 입학.

1572년   레스터 극단(Leicester's Men)이 스트래트퍼드 방문 공연.

1574년	존 셰익스피어의 일곱째 아이이며 셋째 아들인 리처드 (Richard) 출생(3월 11일 세례, 1613년 사망, 2월 4일 장례).
	워릭 극단(Warwick's Men)과 우스터 극단이 스트래트 퍼드 방문 공연.
1575년	엘리자베스 여왕이 스트래트퍼드 근처의 케닐워스(Kenil-worth) 성 방문. 셰익스피어가 여왕의 행차 행렬을 구경했을 것임. 부친은 헨리 가 소재 부동산 구입.
1576년	존 셰익스피어는 문장원에 가문(家紋)을 신청했으나 발급되지 않음.
	레스터 극단이 스트래트퍼드 방문 공연.
1577년	이때부터 존 셰익스피어의 가세가 기울기 시작. 부채자로 여러 번 소환된 기록이 있음.
1578년	스트레인지 경 극단(Lord Strange's Men)과 에섹스 극단 (Essex's Men)이 스트래트퍼드 방문 공연. 존 셰익스피어는 부인이 유산으로 받은 윌름코트의 부동산을 담보로 40파운드를 차용함.
1579년	다비 극단(Derby's Men)이 스트래트퍼드 방문 공연.
1580년	존 셰익스피어의 여덟째 아이이며 넷째 아들 에드먼드 (Edmund) 출생(5월 3일 세례, 1607년 사망, 12월 31일 장례).
	바클리 경 극단(Lord Berkeley's Men)이 스트래트퍼드 방문 공연.
1581년	우스터 극단이 스트래트퍼드 방문 공연.
1582년	셰익스피어가 앤 해서웨이와 결혼(결혼 허가서 11월 27일 발부). 바클리 경 극단이 스트래트퍼드 방문 공연.
1583년	셰익스피어의 첫아이인 장녀 수재너(Susanna) 출생(5월 26일 세례, 1649년 사망, 7월 16일 장례).
	에섹스 극단이 스트래트퍼드 방문 공연.

1585년	셰익스피어의 쌍둥이 자녀 햄닛(Hamnet)과 주디스 (Judith) 탄생(2월 2일 세례, 햄닛은 1596년 사망하여 8월 11일, 주디스는 1662년 사망하여 2월 9일 장례).
1586년	셰익스피어는 고향 스트래트퍼드를 떠남. 이때부터 1592년 그가 런던에 거주하는 것이 확실해질 때까지 그의 행방은 알려지지 않음. 이 시기를 학계에서는 '행방불명의 시기 (lost years)'로 칭함. 이와 관련된 구전하는 설 세 가지를 소개하면, 첫째 셰익스피어는 이 기간에 시골 학교에서 교편을 잡았다. 둘째 셰익스피어는 고향 인근 찰코트 (Charlecote)에 소재한 토머스 루시 경(Sir Thomas Lucy) 의 공원에서 사슴을 훔친 죄로 인한 처벌을 피하고자 런던 으로 도피했다. 셋째 그는 런던으로 와 극장 입구에서 기다 리다가 하인을 대동하지 않고 관극 오는 사람들의 말을 돌 보는 일을 했으며, 이 일에 아주 성공적이어서 '셰익스피어 보이들'로 불린 일꾼들을 두기까지 했다.
	여왕 극단과 스태퍼드 경 극단(Lord Stafford's Men)이 스트래트퍼드 방문 공연.
1587년	존 셰익스피어는 몇 년째 회의 불참으로 인해 읍 법인의 위 원 자리를 잃음.
	에섹스 극단과 레스터 극단, 스트래트퍼드 방문 공연. 런 던의 사덕(Southwark) 지역 템스 강독에 장미 극장(Rose Theatre)이 필립 헨슬로(Philip Henslowe)에 의해 건립됨.
1589년	이 무렵 셰익스피어는 런던의 한 극단(스트레인지 경 극단 과 제독 극단Admiral's Men의 합병)과 관련을 맺으며, 그 관계가 1594년 어느 시점까지 지속된 것으로 추측됨.
	『헨리 6세, 1부*Henry VI, Part I*』 저작. 1592년 3월 3일에 첫 공연(?). 이는 1594~95년에 개작, 활자화는 1623년 첫

전집에서 됨.

공연물 감독관(Master of the Revels)제가 시행됨에 따라 당국이 극작물과 공연 허가를 관장하기 시작함.

1590년　『헨리 6세, 2부*Henry VI, Part II*』가 1590~91년에 저작, 공연 기록은 없음. 1594년 『요크와 랭카스터 두 명문가의 쟁투, 제1부*The First Part of the Contention betwixt the Two Famous Houses of York and Lancaster*』란 제목의 저질 본문이 1594년 3월 12일 판권 등록된 뒤에 출판됨. 양질의 본문은 1623년의 F1에서 처음 활자화됨. 『헨리 6세, 3부 *Henry VI, Part III*』가 역시 저작됨. 첫 공연은 1592년 9월 이전으로 보이며, 1595년에 이 극이 이미 여러 차례 공연된 바 있다는 기록이 있음. 이것의 저질 본문이 1595년 『요크 공작 리처드의 참된 비극*The True Tragedy of Richard Duke of York*』이라는 제목으로 출판됨. 이것의 양질 본문도 F1에서 처음 활자화됨.

1592년　스트레인지 경 극단이 3월 3일 『헨리 6세』를 런던의 장미 극장에서 공연. 이 극단은 4월 11일과 그 후에 여러 차례 『타이터스 앤드러니커스*Titus Andronicus*』를 공연함.

셰익스피어가 로버트 그린(Robert Greene)의 『그린의 서푼어치의 지혜…*Greenes Groatsworth of Wit bought with a Million of Repentance*』에서 공격당함으로써 그의 극작가로서의 활동이 처음 언급됨. 이로써 그의 '행방불명의 시기'도 끝이 남.

그린은 셰익스피어의 『헨리 6세, 3부』에 나오는 한 행을 인용하면서 또 무식한 배우에 불과한 자가 자기를 포함한 대학 출신 극작가들의 작품들 덕을 입고 극작에까지 손을 대면서 '벼락부자(upstart Crow)'가 되었다고 맹비난을 가했다. 이어 그는 그자가 '일국의 무대를 홀로 뒤흔들고 있다(the onely Shake-scene in a countrey)'고 셰익스피어의 이름을 빗댄 말을 함으로써 문제의 '무식한 배우이자 극작가'가 셰익스피어임을 재차 강하게 시사했다. 이 책을 출판한 헨리 체스터(Henry Chester)는 같은 해『친절한 마음의 꿈Kind-Hearts Dreame』에서 셰익스피어에 대한 그런 부당한 내용이 포함된 그린의 책을 편집하여 출판한 데 대해 사과하면서 자신이 관찰한 바로는 셰익스피어가 행실이 좋고, 연기나 극작에 훌륭한 솜씨를 보이고 있으며, 사람들과의 관계에서도 올바르게 처신하기 때문에 칭찬이 자자하다고 적었다.

존 셰익스피어는 빚을 갚지 못한 일로 체포를 우려하여 교회 출석을 기피하다가 예배 불참에 대해 지적을 받음.

1592~93년경『리처드 3세Richard III』 저작, 최초 공연은 1593년 12월 30일. 출판은 1597년 10월 20일 판권 등록된 후 이루어짐. 역시 이 시기에 시집『비너스와 아도니스 Venus and Adonis』가 저작되고, 1593년 4월 18일에 판권 등록을 한 후 출판.『실수 연발The Comedy of Errors』이 1592~94년에 저작, 첫 공연은 1594년 12월 28일. 활자화는 1623년 F1에서 비로소 됨.

펨부르크 백작 극단(The Earl of Pembroke's Men)이 창단되어 1600년까지 공연 활동을 함. 필립 헨슬로가 무대(극작과 공연을 포함)에 관한 많은 정보를 수록하는 일기(Diary)를 쓰기 시작함.

런던의 극장들이 흑사병으로 폐쇄되어, 극단들은 이해 6월부터 1594년 6월까지 지방 순회공연을 함.

1593년   셰익스피어는『비너스와 아도니스』를 출간해 사우샘튼

(Southampton) 백작인 헨리 라이오스슬리(Henry Wriothesley)에게 헌정함. 이때부터 소네트 시를 1599년까지 썼으며, 1609년에는 『소네트 시집*The Sonnets*』이 출간됨. 제2의 시집인 『루크리스의 겁탈*The Rape of Lucrece*』이 저작되고, 1594년 5월 9일에 판권 등록을 한 후 출판됨. 이것 역시 사우샘튼 백작에게 헌정됨. 1592년 4월 이전에 비극 『타이터스 앤드러니커스』가 저작된 것으로 보임. 최초의 공연 기록은 1592년 4월 11일. 1594년 2월 6일자에 판권 등록된 후 출판됨. 『말괄량이 길들이기*The Taming of the Shrew*』가 1593~94년에 저작. 최초의 공연 기록은 1594년 6월 13일. 이것의 저질 본문이 1594년 5월 2일에 판권 등록된 후 『한 말괄량이 길들이기*The Taming of a Shrew*』란 이름으로 출판되고, 양질의 본문은 1623년 F1에서 비로소 활자화됨.

5월 30일 극작가 크리스토퍼 말로(Christopher Marlowe) 사망(6월 1일 장례).

1594년 『베로나의 두 신사*The Two Gentlemen of Verona*』가 저작됨. 초기의 공연 기록은 없음. 1623년 F1에서 비로소 활자화됨. 『사랑의 헛수고*Love's Labour's Lost*』가 1594~95년에 저작됨. 1593~94년 흑사병이 돌 때 사우샘튼 백작의 저택에서 첫 공연된 이 작품이 1597년에 개정되어 1598년에 출판된 것으로 보임.

셰익스피어를 포함한 6명의 작가가 합작한 『토머스 모어 경*Sir Thomas More*』이 1590~93년에 저작되고, 1594~95년에 개정됨. 이 중의 'Hand D'로 명명된 3페이지(147행)가 셰익스피어의 것으로 간주됨. 출판은 1844년에야 비로소 이루어짐. 1594~96년 작으로 추정되는 『존 왕*King John*』

은 F1에서 처음 활자화됨. 최초의 공연 연대는 1737년.

세익스피어가 차후 소속된 체임벌린 경 극단(Lord Chamberlain's(Lord Hunsdon's) Men/Company)이 등장.

1595년 새 극장 '백조 극장(Swan Theatre)'이 런던의 템스 강 남쪽 둑에 건립됨.

이 당시 세익스피어는 런던 비숍게이트 지역의 성 헬렌 교구에 살았고, 1594년 12월 26일과 28일에 궁정에서 있었던 두 희극 공연료가 극단에 3월 15일 지급된 일과 관련하여 그의 이름이 배우 명단에 올랐음. 그는 (사우샘튼 백작의 재정적 지원으로?) 이 체임벌린 경 극단의 주주가 됨.

『리처드 2세Richard II』가 저작됨. 최초의 공연 기록은 1595년 12월 9일. 1601년 2월 7일 공연은 에섹스 백작의 반란과 연계된 관계로 극단이 당국의 심문을 받음. 출판은 1597년 8월 29일 판권 등록된 후 이루어짐.『로미오와 줄리엣Romeo and Juliet』이 1595~96년에 저작되고, 저질 본문과 양질 본문이 각각 1597년과 1599년에 출판됨. 초기 공연 기록은 없음.『한여름 밤의 꿈A Midsummer Night's Dream』이 1595~96년에 저작. 1600년 10월 8일 판권 등록된 후 출판. 1600년 이전에 여러 차례 공연되었다는 기록이 있음.

1596년 8월 11일 세익스피어의 아들 햄닛의 장례.

10월 20일 존 세익스피어는 마침내 가문(家紋) 허가를 받았고, 이때부터 '양반(Gentleman)'이라는 칭호를 이름에 붙일 수 있는 권리를 갖게 됨.

『베니스의 상인The Merchant of Venice』이 1596~97년에 저작되고, 1598년 7월 22일 판권 등록된 후 1600년에 출판됨. 1600년 이전에 여러 차례 공연되었다는 기록이 있음. 『헨리 4세, 1부*Henry IV, Part I*』가 1596~97년에 저작되고, 1598년 2월 25일 판권 등록된 후 출판. 최초의 공연 기록은 1600년 3월 6일.

1597년 5월 4일 스트래트퍼드 소재의 주택('New Place')을 두 개의 헛간과 두 채의 초가와 더불어 60파운드에 구입. 얼마 후에 이 일과 관련하여 벌금을 징수당함. 성 헬렌 교구 소재의 부동산세 미납. 1600년에 완납한 것으로 보임.

제2 블랙프라이어스 극장(Second Blackfriars Theatre)이 제임즈 버비지(James Burbage)에 의해 건립됨. 체임벌린 경 극단은 런던에서의 공연 금지령에 따라 10월까지 지방 순회공연을 가짐. 연말부터 버비지가 극장(Theatre)이라는 이름의 극장을 헐고 글로브 극장(Globe Theatre)을 건축하게 되었는데, 이것이 완공된 1599년까지 극단은 커튼 극장(Curtain Theatre)에서 공연함. 따라서 셰익스피어가 『헨리 5세*Henry V*』(1599)에서 언급한 목재로 된 원형극장(wooden O)은 커튼 극장을 지칭한 것으로 보임. 글로브 극장 건립에는 제임즈 버비지의 아들 형제 커스버트와 리처드(Cuthbert and Richard Burbage)가 주도적 역할을 했음. 동생 리처드는 셰익스피어 극단인 체임벌린 경 극단의 주요 배우로서 비극의 주인공 역을 주로 담당했음.

『윈저의 흥겨운 아낙들*The Merry Wives of Windsor*』이 저작됨. 이것의 저질 본문이 1602년 1월 18일 판권 등록된 후 출판됨. 양질의 본문은 1623년 F1에서 비로소 활자화됨. 이 극이 1602년 이전에 여러 차례 공연되었다는 기록이 있음. 이 극은 『헨리 4세』의 1, 2부에 등장하는 희극적 인물인 폴스타프(Falstaff)에 반한 엘리자베스 여왕이 셰익스피어에게 이 인물이 등장하는 극을 또 써달라고 한 특별

한 주문에 작가가 2주 만에 완성했다는 이야기가 전해지고 있음.

1598년   1월 1일과 6일 셰익스피어 소속 극단이 궁정인 화이트홀 (Whitehall)에서 공연함.

셰익스피어가 스트래트퍼드에서 식량 부족 시기에 맥아 10쿼트를 소유한 기록이 남아 있음.

셰익스피어는 벤 존슨(Ben Jonson)의 『각인각색*Every Man in His Humour*』에 출연한 주된 희극배우들 명단의 선두를 차지함. 프랜시스 미어즈(Francis Meres)는 그의 책 『지혜의 보고*Palladis Tamia: Wit's Treasury*』에서 셰익스피어 작으로 12편의 극작품을 언급함. 여기에는 현재까지 발견되지 않은 『사랑의 결실*Love's Labour's Won*』도 포함되어 있음.

『헨리 4세, 2부*Henry IV, Part II*』가 저작됨. 1600년 8월 23일 판권 등록된 후 출판. 출판 이전에 여러 차례 공연되었다는 기록이 있음. 『헛소동*Much Ado about Nothing*』이 1598~99년 저작되고, 이것의 출판은 1600년 8월 23일 판권 등록된 후 이루어짐. 출판 이전에 여러 차례 공연되었다는 기록이 있음.

1599년   1월 1일과 2월 20일 셰익스피어가 소속한 극단이 궁정에서 공연함.

존 셰익스피어가 부인 메어리 아든 가문의 문장을 그의 문장에 합할 수 있도록 문장원에 신청함.

글로브 극장이 개장하여 셰익스피어 소속 극단인 체임벌린 경 극단의 전용 극장이 됨.

『헨리 5세』 저작. 저질 본문이 1600년에 8월 4일 판권 등록된 후 출판. 출판 이전에 여러 차례 공연되었다는 기록이 있음. 『좋으실 대로As You Like It』와 『줄리어스 시저Julius Caesar』가 역시 저작되었으며, 모두 F1에서 비로소 활자화됨. 최초의 공연 기록은 각각 1603년 12월 2일과 1599년 9월 21일.

<table>
<tr><td>1600년</td><td>에드워드 앨린(Edward Alleyn)과 필립 헨슬로가 글로브 극장과 겨루기 위해서 포춘 극장(Fortune Theatre)을 건립함. 이는 제독 극단이 주로 사용했으나 1603년 이후에는 여러 극단에 개방됨.</td></tr>
</table>

1600년
에드워드 앨린(Edward Alleyn)과 필립 헨슬로가 글로브 극장과 겨루기 위해서 포춘 극장(Fortune Theatre)을 건립함. 이는 제독 극단이 주로 사용했으나 1603년 이후에는 여러 극단에 개방됨.

『햄릿Hamlet』이 1600~01년에 저작됨. 1602년 7월 26일 판권 등록된 후 저질 본문이 1603년에, 양질 본문이 1604~05년에 각각 출판됨. 공연이 1602년 7월, 1603년 등 수차 있었다는 기록이 있음.

1601년
존 셰익스피어 사망, 9월 8일 장례. 6장(leaf)으로 된 그의 '간증(Spiritual Testament)'이 헨리 가의 자택에서 1757년에 발견됨. 이에 의하면 그는 사망 시 가톨릭 신자였음. 그의 사망 직전에 스트래트퍼드 읍 법인으로부터 소송 건에 도움을 달라는 요청을 받은 기록이 있음.

2월 7일 글로브 극장에서는 『리처드 2세』를 에섹스 백작 일당의 반란(2월 8일)을 시민들에게 사주하기 위해서 공연 했다가 극단원인 오거스틴 필립스(Augustine Phillips)가 당국의 심문을 받았음. 그러나 아무도 기소되지는 않음.

『불사조와 산비둘기The Phoenix and Turtle』가 로버트 체스터(Robert Chester)의 『사랑의 순교자Love's Martyr』 속에 포함되어 출판됨. 『십이야Twelfth Night』가 1601~02년에 저작. F1에서 처음으로 활자화됨. 1601년의 십이야(곧 오늘날의 1602년 1월 5일 밤)에 공연. 그해 2월 2일에도 법학원의 하나인 미들 템플(Middle Temple)에서 공연됨.

『트로일로스와 크레시다*Troilus and Cressida*』 또한 1601~02년에 저작된 것으로 보이며, 1603년 2월 7일 판권 등록되고, 1609년에 출판됨. 1603년 2월 7일 이전에 공연 되었다는 기록이 있음.

1602년　　셰익스피어에게 존 콤(John Combe)이 구 스트래트퍼드 소재의 127에이커의 대지를 320파운드를 받고 5월 1일자 로 양도. 9월 28일 스트래트퍼드의 채플 레인(Chapel Lane) 소재의 가옥 한 채에 대한 등기 수속.

　　『끝이 좋으면 모두 좋아*All's Well That Ends Well*』가 1602~03년에 저작됨. 그러나 활자화는 F1에서 비로소 이 루어짐. 최초 공연 기록은 1741년.

1603년　　3월 24일 타계한 엘리자베스 여왕 1세 장례.

　　셰익스피어가 존슨의 비극 『세자너스*Sejanus*』를 공연한 주된 배우의 한 사람으로 존슨이 작성한 배우 명단에 올라 있음.

　　5월 19일 셰익스피어가 속한 극단은 제임즈 1세가 여왕 의 뒤를 이으면서 체임벌린 경 극단에서 국왕 극단(King's Men)으로 개명됨. 한편 제독 극단은 헨리 왕자 극단 (Prince Henry's Men)이 됨. 가을에 『좋으실 대로』가 제임 즈 왕을 위해 윌트셔(Wiltshire) 소재의 펨부르크 백작 부 인의 윌튼 저택(Wilton House)에서 공연됨.

　　런던의 극장들은 1603년 후반부터 1604년 4월까지 폐쇄 됨.

1604년　　이때쯤 셰익스피어는 스트래트퍼드의 약제사 필립 로저스 (Philip Rogers)를 빚(3실링 10펜스) 때문에 고소하여 소 송을 겲. 또 그는 3월 15일 국왕 극단 일원의 자격으로, 제 임즈 왕이 런던 시내를 행차할 때 그 행렬 참여에 필요한 붉은색 천 4야드를 하사받음.

『자에는 자로*Measure for Measure*』를 저작함. 이것의 활자화는 F1에서 처음 이루어짐. 최초 공연은 1604년 12월 26일. 『오셀로*Othello*』가 저작되었고, 1621년 10월 6일에 판권 등록되고, 1622년에 단행본으로 출판됨.

1월 1일 궁정에서 『한여름 밤의 꿈』이 공연됨. 만성제 날인 11월 1일에는 『오셀로』가 화이트홀에서 공연됨. 11월 4일에는 역시 화이트홀에서 『윈저의 흥겨운 아낙들』이 공연됨. 12월 26일에도 화이트홀에서 『자에는 자로』가 공연됨. 12월 28일 『실수 연발』이 화이트홀에서 공연됨. 『사랑의 헛수고』가 사우샘튼 백작의 런던 저택에서 공연됨.

1605년

셰익스피어는 동료 배우 필립스의 5월 4일자 유서에서 금화로 30실링을 받도록 기재되어 있음. 7월 24일자에 셰익스피어는 스트래트퍼드, 웰컴, 비숍튼 소재의 소작의 10분의 1을 받는 대지('a half-interest in tithes')를 타인들과 공동으로 구입함.

『리어 왕*King Lear*』이 저작되어 1607년 11월 26일에 판권 등록되고, 출판은 1608년에 이루어짐. 1606년 12월 26일 화이트홀에서 공연.

1월 1일과 6일 사이에 『사랑의 헛수고』가 화이트홀에서 공연됨. 1월 7일에는 『헨리 5세』, 2월 10일과 12일에는 『베니스의 상인』이 각각 공연됨.

레드 불 극장(Red Bull Theatre)이 건립됨. 1617년까지 앤 왕비 극단(Queen Anne's Men)이 사용함.

1606년

『맥베스*Macbeth*』가 저작됨. 활자화는 F1에서 비로소 이루어짐. 최초 기록은 1611년 4월 20일에 글로브 극장에서 공연되었음을 말해줌. 그 이전에도 수차 공연되었을 것으로 추정함.『앤토니와 클리오파트라*Antony and Cleopatra*』가 1606~07년에 저작되고, 활자화는 F1에서 이루어짐. 17세기에 공연이 있었다는 기록은 없음.

1607년 셰익스피어의 장녀 수재너가 6월 5일 의사 존 홀(John Hall, 1575년생, 1635년에 사망)과 결혼. 셰익스피어의 남동생으로 보이는 배우 신분의 에드먼드가 연말에 사망(장례 12월 31일).

『코리어레이너스*Coriolanus*』, 1607~08년에 저작, 활자화는 F1에서 비로소 이루어짐. 공연 기록은 없음.『아테네의 타이몬*Timon of Athens*』, 1607~08년 저작, F1에서 처음 활자화됨. 왕정복고 이전 공연 기록은 존재하지 않음.『페리클리즈*Pericles*』 역시 1607~08년에 저작되고, 출판은 1608년 5월 20일에 판권 등록된 후 1609년에 이루어짐. 그러나 이 극작은 F1의 36편 중에 들어 있지 않음. 공연은 1607년 1월 5일에서 1608년 11월 23일 사이의 어느 때 베니스 대사가 관람했다는 기록이 있고, 1609년 크리스마스쯤 요크셔 극단이 공연함.

1608년 셰익스피어의 외손녀 엘리자베스 홀(Elizabeth Hall) 출생(2월 21일 세례, 셰익스피어의 최종 후손으로서 1626년 4월 22일 스트래트퍼드의 토머스 내쉬—Thomas Nash, 1647년 사망—와 결혼. 1649년 6월 5일 존 버나드와 재혼, 1670년 2월 중순 사망, 2월 17일 장례).

셰익스피어의 모친 메어리 사망(9월 9일 장례).

셰익스피어는 스트래트퍼드에서 빚을 진 존 애든브르크(John Addenbrooke)에게 12월 17일부터 1609년 6월 7일까지 송사를 진행함. 셰익스피어는 국왕 극단이 제임즈 버비지의 아들 리처드 버비지에게서 조차한 제2 블랙프라이어즈 극장의 7분의 1 주주가 됨. 프랑스와 베니스 사신들이 런던에서 『페리클리즈』 공연을 관람.

1609년 국왕 극단이 가을 시즌부터 블랙프라이어즈 극장을 사용하기 시작했는데 1642년 크롬웰 정권에 의해서 극장들이 폐쇄 조치 당할 때까지 계속됨.

5월 20일 셰익스피어의 소네트 시집 판권 등록. 출판은 허가 없이 그 직후에 이루어진 것으로 보임. 크리스마스 시즌에 국왕 극단은 화이트홀에서 왕족을 위해 13편의 극을 공연함.

『심벌린*Cymbeline*』이 1609~10년에 저작. F1에서 처음 활자화됨. 1611년 (아마도 4월에) 공연을 관람했다는 사이먼 포먼(Simon Forman)의 기록이 있음.

1610년 셰익스피어가 부친으로부터 상속받은 듯한 스트래트퍼드 헨리 가 소재의 창고를 임대한 기록이 있음. 이해 어느 때 그는 스트래트퍼드로 귀향하여 살기 시작한 듯함. 『겨울 이야기*The Winter's Tale*』가 1610~11년에 저작되었으나 활자화는 F1에서 이루어짐. 1611년 5월 15일 공연을 포먼이 글로브 극장에서 관람했다는 최초의 공연 기록이 있음. 또 11월 5일에는 국왕 극단이 공연함. 4월 30일에 『오셀로』가 글로브 극장에서 공연됨. 성촉절(Candlemas)에 요크셔의 고스웨이트(Gothwaite)에서 『페리클리즈』와 『리어왕』이 공연됨. 『템페스트*The Tempest*』가 1610~11년에 저작되고, 활자화는 F1에서 비로소 이루어짐. 1611년 11월 1일 밤에 국왕 극단이 화이트홀에서 공연함.

1611년 셰익스피어는 여럿이 공동 구입한, 소작의 10분의 1을 받는 스트래트퍼드에 소유한 땅에 관한 고등법원의 판결에 신경을 썼음.

『템페스트』가 만성제 날인 11월 1일 저녁에 궁정인 화이트홀에서 공연됨.『겨울 이야기』가 11월 5일 궁정에서 공연됨(사이먼 포먼이 5월 15일 이 극을 글로브 극장에서 관람했다는 증언이 있음).『맥베스』가 4월 20일 글로브 극장에서 공연되었다는 기록도 포먼이 남김.

1612년   셰익스피어는 5월 11일에 런던 법정에 크리스토퍼 마운트조이(Christopher Mountjoy)의 사위 스티븐 벨롯(Stephen Belott)이 장인에게 건 송사의 증인으로 섰음. 문제의 증언 기록에 의하면 '워릭 지방 스트래트퍼드 어폰 에이본에 거주하는 48세의 신사 양반 윌리엄 셰익스피어'의 증언은 자신이 1604년에 마운트조이의 딸 메어리를 벨롯과 결혼하도록 중매를 선 것은 시인하면서도 메어리의 결혼 지참금(50파운드, 그리고 신부의 부친이 사망할 경우 200파운드를 더 준다는 사실을 유서에 넣는다는 조건)에 대한 합의 사항은 정확히 기억할 수 없다는 내용이었음. 요컨대, 이 증언 건은 1602년과 1604년 사이의 어느 때에 셰익스피어가 마운트조이 가족과 런던에 함께 거주했으나 1612년에는 스트래트퍼드에 살고 있었음을 추측케 함.

   셰익스피어의 동생 길버트 사망(2월 3일 장례).

   『헨리 8세*Henry VIII*』가 1612~13년에 어쩌면 플렛처(John Fletcher)와 공동으로 저작됨. 활자화는 F1에서 비로소 이루어짐. 최초 공연은 1613년 6월 29일 글로브 극장에서 있었음.

1613년   1월 28일 존 콤이 셰익스피어에게 5파운드를 유언으로 남김.

   셰익스피어의 남동생 리처드 사망(2월 4일 장례).

   3월 10일에 블랙프라이어즈 극장의 문지기 거처(Blackfriars Gatehouse)를 매입. 3월 24일에 있었던 제임즈 왕의 즉위식 기념 마상 시합을 위해 러트런드 경(Lord Rutland)에게 글귀를 넣은 마크를 만들어준 대가로, 3월 31일에 리처드 버비지와 더불어 각각 44실링을 받음.

　글로브 극장이 6월 29일 『헨리 8세』 최초 공연 중의 화재 (임금이 등장할 때 예포를 쏘는 장면에서 불꽃이 지붕에 떨어진 결과)로 전소됨.

　『두 고귀한 친척*The Two Noble Kinsmen*』이 플렛처와 공동으로 저작됨. 1634년에 출판됨. 1619년경 궁정에서 공연된 것으로 보임.

1614년　셰익스피어는 웰컴(Welcombe) 소재 대지의 임대료와 10분의 1 소작료('lease and tithes')를 위해 일부 부동산을 수용당하지 않도록 제기한 소송에 관심을 기울임.

　필립 헨슬로와 제컵 미드(Jacob Meade)가 호프 극장 (Hope Theatre)을 템스 강 남단 강둑에 건립함. 글로브 극장이 재건됨. 글로브는 1644년에 헐려 완전히 소멸되었다가 20세기 말에 동일한 장소에 복원됨.

1616년　셰익스피어의 차녀 주디스가 토머스 쿠위니(Thomas Quiney, 1589년생, 1655년 사망)와 2월 10일 결혼. 부친의 성을 세례명으로 받은 그녀의 아들 세례식(아들은 1617년 사망, 그해 5월 8일 장례)이 11월 23일에 있었음. 주디스는 1618년과 1620년에 리처드와 토머스라는 아들을 둘 더 두었으나 이들은 모두 미혼 상태에서 1639년에 사망함.

　셰익스피어의 석 장으로 된 그리고 장마다 서명 날인한 유서가 1월 25일경 콜린스(Francis Collins)에 의해서 작성됨. 이를 셰익스피어는 3월 25일에 수정했음.

　4월 23일 셰익스피어 작고. 4월 25일에 장례가 있었던 것을 고려하여 추정된 날짜임. 성 조지의 날이기도 한 이날을 그의 탄생일과 마찬가지의 이유로 사망일로 간주하고 전통적으로 기념해오고 있음.

　누이 조운과 결혼한 매제 윌리엄 하트(William Hart) 사망(4월 17일 장례). 이 결혼은 스트래트퍼드 기록부에 기록되지는 않았으나 이들 사이에 태어난 아들 윌리엄이 1600년 8월 28일에 세례받은 기록은 있음. 조운은 3남 1녀를 두었으나 셋째 토머스(1605년 출생, 1670년 사망)만이 결혼하여 두 손자를 보았음. 현재 둘째 손자 조지(George, 1636년 출생, 1702년 사망)의 후손들만이 직계가 끊긴 셰익스피어의 가문에서 존속하고 있음.

1622년　　『오셀로』가 1621년 10월 6일 판권 등록된 후 출판됨.

1623년　　셰익스피어의 처 앤 해서웨이 사망. 그녀는 1555년 혹은 1556년에 출생하여 1623년 8월 6일 67세를 일기로 사망함(장례는 8월 8일). 스트래트퍼드 교회의 성단에 묻힌 남편 곁에 안장됨. 남편 셰익스피어는 1616년 사망 때 남긴 유서의 마지막인 세번째 페이지에, 부인의 이름은 명시하지 않은 채 '나는 아내에게 내 두번째로 좋은 침대를 가구들과 더불어 물려준다'라는 문장을 수정 시 삽입해 넣었음. '두번째로 좋은 침대(my second best bed)'가 후세인들의 관심을 끎. '첫번째로 좋은 침대'가 아닌 그 말이 무슨 뜻이냐는 것이었음. 그러나 부부가 사용해온 가장 좋은 침대는 유언할 필요도 없이 아내가 계속 사용할 것이기 때문이라는 해석도 가능할 것임. 그리고 법적으로 아내 앤은 남편 재산의 3분의 1을 갖게 되어 있었으며, 거주하는 집('New Place')에 계속 살 권리도 가질 수 있었음. 그녀는 11월 말에 나온 남편의 극전집은 보지 못하고 타계했음.

　셰익스피어의 첫 극전집인 F1(Fist Folio, *Mr. William*

Shakespeares Comedies, Histories, & Tragedies)이 11월 8일에 판권 등록된 후 간행됨. 이것의 2판, 3판, 4판, 즉 F2, F3, F4가 1632, 1663/1664, 1685년에 간행됨. 1664년의 3판 2쇄에는 『페리클리즈』 『런던의 탕자*London Prodigal*』 『토머스 크롬웰 경*The History of Thomas L(or)d Cromwell*』 『존 올드카슬, 코브햄 경*Sir John Oldcastle, Lord Cobham*』 『청교도 과부*The Puritan Widow*』 『요크셔 비극*A Yorkshire Tragedy*』 『로크린의 비극*The Tragedy of Locrine*』 등 7개 극작품이 추가되었음. 이 중에서 『페리클리즈』만이 18세기 여덟번째 셰익스피어 전집을 낸 조지 스티븐스(George Steevens)가 그의 전집(10 vols, 1773)에 수록한 이래로 셰익스피어의 정전에 올라 오늘에 이르고 있음. 따라서 셰익스피어의 극작품의 수는 F1의 36편에 『페리클리즈』가 추가되어 모두 37편으로 알려져 있음.

1626년	셰익스피어의 외손녀, 곧 수재너의 외동딸 엘리자베스 홀이 4월 22일 토머스 내쉬와 결혼.
1635년	셰익스피어의 사위이며 수재너의 남편인 존 홀 사망(11월 25일 장례).
1647년	엘리자베스 홀의 남편 토머스 내쉬 사망(4월 4일 장례).
1649년	6월 5일 엘리자베스 홀이 존 버나드와 재혼. 셰익스피어의 장녀 수재너 사망(장례 7월 16일).
1662년	셰익스피어의 둘째 딸 주디스 사망(2월 9일 장례).
1670년	셰익스피어의 장녀 수재너의 외동딸 엘리자베스 홀 사망(2월 17일 장례). 엘리자베스는 소생 없이 사망함으로써 우리의 시인이며 극작가인 윌리엄 셰익스피어의 직계가족은 대가 끊기게 되었음. 남편 버나드도 4년 후인 1674년에 사망함.

문학동네 세계문학전집 발간에 부쳐

세계문학은 국민문학 혹은 지역문학을 떠나 존재하는 문학이 아니지만 그것들의 총합도 아니다. 세계문학이라는 용어에는 그 나름의 언어와 전통을 갖고 있는 국민문학이나 지역문학의 존재를 인정하면서 그것을 넘어서는 문학의 보편적 질서에 대한 관념이 새겨져 있다. 그 용어를 처음 고안한 19세기 유럽인들은 유럽문학을 중심으로 그 질서를 구축했지만 풍부한 국민문학의 전통을 가지고 있는 현대의 문학 강국들은 나름의 방식으로 세계문학을 이해하면서 정전(正典)의 목록을 작성하고 또 수정한다.

한국에서도 세계문학 관념은 우리 사회와 문화의 변화 속에서 거듭 수정돼왔다. 어느 시기에는 제국 일본의 교양주의를 반영한 세계문학 관념이, 어느 시기에는 제3세계 민족주의에 동조한 세계문학 관념이 출현했고, 그러한 관념을 실천한 전집물이 출판됐다. 21세기 한국에 새로운 세계문학전집이 필요하다는 것은 명백하다. 우리의 지성과 감성의 기준에 부합하는 세계문학을 다시 구상할 때가 되었다.

문학동네 세계문학전집은 범세계적으로 통용되는 고전에 대한 상식을 존중하면서도 지난 반세기 동안 해외 주요 언어권에서 창작과 연구의 진전에 따라 일어난 정전의 변동을 고려하여 편성되었다. 그래서 불멸의 명작은 물론 동시대 세계의 중요한 정치·문화적 실천에 영감을 준 새로운 작품들을 두루 포함시켰다.

창립 이후 지금까지 한국문학 및 번역문학 출판에서 가장 전문적이고 생산적인 그룹을 대표해온 문학동네가 그간 축적한 문학 출판 경험을 바탕으로 새로운 세계문학전집을 펴낸다. 인류가 무지와 몽매의 어둠 속을 방황하면서도 끝내 길을 잃지 않은 것은 세계문학사의 하늘에 떠 있는 빛나는 별들이 길잡이가 되어주었기 때문이다. 우리가 자부심과 사명감 속에서 그리게 될 이 새로운 별자리가 독자들의 관심과 애정에 힘입어 우리 모두의 뿌듯한 자산이 되기를 소망한다.

문학동네 세계문학전집 편집위원
민은경, 박유하, 변현태, 송병선, 이재룡, 홍길표, 남진우, 황종연

지은이 **윌리엄 셰익스피어**

1564년 영국 스트래트퍼드 어폰 에이본에서 태어났다. 이후 런던에서 배우 겸 극작가로 활동하며 명성을 얻었고 국왕 극단의 전속 극작가로도 활동했다. 20여 년간 37편의 희곡을 발표했다. 영국이 낳은 최고의 극작가이자 시인으로, 모든 작품들이 시대와 장소를 뛰어넘어 가장 많이 공연되고 사랑받고 있다.

옮긴이 **이경식**

서울대학교 영어영문학과와 동 대학원을 졸업하고 서울대 영문학과 교수를 지냈다. 한국 셰익스피어 학회 회장을 역임하고, 현재 서울대 명예교수이자 국제 셰익스피어 학회 회원이다. 셰익스피어 4대 비극 번역으로 1997년 한국번역대상을, 『셰익스피어 비평사』로 2003년 대한민국학술원상을 수상했다. 저서로 『셰익스피어 연구』『셰익스피어 비평사』(상, 하)『셰익스피어 본문 비평』『셰익스피어 4대 비극』이 있고, 최근 역서로 『템페스트』가 있다.

세계문학전집 066

베니스의 상인

ⓒ이경식 2011

1판 1쇄 2011년 2월 25일
1판 6쇄 2016년 4월 28일

지은이 윌리엄 셰익스피어 | 옮긴이 이경식 | 펴낸이 염현숙

책임편집 김경은 | 편집 오동규 | 독자모니터 양은희
디자인 송윤형 한충현 김민하 | 저작권 한문숙 박혜연 김지영
마케팅 정민호 이미진 정진아 | 홍보 김희숙 김상만 이천희
제작 강신은 김동욱 임현식 | 제작처 영신사

펴낸곳 (주)문학동네
출판등록 1993년 10월 22일 제406-2003-000045호
주소 10881 경기도 파주시 회동길 210
전자우편 editor@munhak.com | 대표전화 031) 955-8888 | 팩스 031) 955-8855
문의전화 031) 955-1927(마케팅), 031) 955-3560(편집)
문학동네카페 http://cafe.naver.com/mhdn
문학동네트위터 http://twitter.com/munhakdongne

ISBN 978-89-546-1394-1 04840
     978-89-546-0901-2 (세트)

www.munhak.com

문학동네 세계문학전집

● 문학동네 세계문학전집은 계속 출간됩니다